得體

粵語/普通話對照

廣東話

孔碧儀、李兆麟 編著

goi² xin⁶
改善
xud³ wa⁶ géi⁶ hao²
說話技巧

zeng¹ kēng⁴
增強
eo¹ tung¹ neng⁴ lig⁶
溝通能力

zou² jig¹
組織
tei⁴ men⁶ fong¹ xig¹
提問方式

jin² yin⁶
展現
go³ yen⁴ yeo¹ dim²
個人優點

序一

語言運用，在於傳情達意，與人溝通。得體應對，在不同時候、面對不同的人，怎樣説話才算恰當，尤為重要。

港式粵語作為流通於香港社會的語言，融合了英語等不少外來詞彙，亦有許多獨特的俚語及俗語。不少以普通話為母語人士，雖然可以用廣東話進行日常交流，但往往分不清口語和書面用語的分別，或對一些俗語的使用場合不甚了解，而鬧出不少笑話。

本書將廣東話學習和表達技巧學習結合，提供針對特定場景的語言技巧訓練，如：面試時如何表現自己、接待客戶時如何表達更能拉近距離、各類演説應怎樣處理內容才能切合主題、説話犯錯時要怎樣補救等，每個話題都會對比不同身份、場合人士的説話方式，幫助讀者更好地學習粵語，加強應用與表達能力，説一口得體的廣東話。除了説話技巧，還介紹有需要注意的態度、儀容，如何克服緊張怯場、如何應付突發場面等，全面提升個人表現。

本書共十一課，每課分為六個部份：

1. 課文：示範內容，約1分鐘演説或情景應對會話，附廣東話拼音及錄音。
2. 針對與普通話不同的廣東話詞彙，解釋意思及附有例子介紹運用方法。
3. 取材要點：分析如何取材，重點在哪裡，講解説話技巧。
4. 用語選擇：斟酌用語怎樣才算正式，注意不可以犯什麼錯。
5. 小貼士：提點説話以外要注重的態度、面部表情、動作、姿勢、語氣表達、語速等等。
6. 練習：第一，幫助讀者鞏固技巧，為設定模擬情景寫演講稿，或者考考讀者面對疑難，可以怎樣解決。第二，提升廣東話運用能力。例如把成語改成廣東話口語；為句子填入適當用語；翻譯廣東話俚語和因普通話説法不同引致混淆、犯錯的句子；了解廣東話多音字的正確發音等。練習均會提供參考答案。

孔碧儀

序二

　　廣東話是香港常用語言。在香港電影和粵語流行曲中，廣東話反映了香港文化。我想很多人都會同意廣東話是一種有活力、豐富多采的語言。廣東話不但有為數不少的俗語、歇後語和潮流用語用在日常生活中，廣東話也有正式用語，用於較正式的語境中，例如演説、見工面試、產品發佈會等場合。廣東話用語有雅有俗，譬如「一個男人」，有人説成「一條友」(通俗、非正式)，有人説成「一位男士」(較正式)，也有説成「一名男子」(較正式、較多出現在新聞報導中)。雅俗用語用得不當，不但會弄出笑話，也會影響溝通。

　　世界上大部份語言都有在不同場合用不同用語這個現象。在正式場合中説了比較通俗甚至粗俗的字眼，會令人覺得説話者沒禮貌。相反，在朋友聚會中説了太正式的字詞或用了正式用語，會令朋友覺得不舒服。這些都是説話不得體的表現。唯對語言學習者來説，要達到説話得體，單靠傳統字典、詞典或文法書，實在是很難學到的。

　　在本書中，我們希望利用不同的語境及練習，加強廣東話學習者對粵語的正式和非正式語體的了解和認識，然後在真實場合中活學活用。本書選取了十個較正式的場景。這些場景大多出現在工作環境中。我們希望藉着不同例子和練習來比較正式和非正式用語，針對以華語為母語的廣東話學習者常犯的錯誤，引導學習者在生活上和在工作中得體地活用廣東話。

李兆麟

目 錄

上篇 演說

下篇 應對

附加學堂

第一課

求職面試之自我介紹

課文　🎧 0111.MP3

Néi⁵ hou²　　　ngo⁵ giu³ Wong⁴ Big¹ Ling⁴
你 好 ， 我 叫 王 碧 玲 ，

你好，我叫王碧玲，

hei² Hêng¹ Gong² Dai⁶ Hog⁶ dug⁶ ging¹ zei³ gem¹ yung⁴
喺 香 港 大 學 讀 經 濟 金 融 。

在香港大學唸經濟金融。

Guei³ gung¹ xi¹ gé³ jiu¹ ping³ guong² gou³ wa⁶ sêu¹ yiu³
貴 公 司 嘅 招 聘 廣 告 話 需 要

貴公司的招聘廣告說需要

yed¹ go³ dêu³ sêng¹ yib⁶ gun² léi⁵ yeo⁵ ying⁶ xig¹ gé³
一 個 對 商 業 管 理 有 認 識 嘅

一個對商業管理有認識的

bed¹ yib⁶ seng¹　Ngo⁵ hei² géi² go³ sêng¹ yib⁶ gun² léi⁵
畢 業 生 。 我 喺 幾 個 商 業 管 理

畢業生。我唸過幾門商業管理

yeo⁵ guan¹ gé³ hog⁶ fo¹ dou¹ xing⁶ jig¹ yeo¹ yi⁶
有 關 嘅 學 科 都 成 績 優 異 。

有關的課都成績優秀。

Geo⁶ nin² ngo⁵ cam¹ ga¹ zo² yeo⁴ dai⁶ hog⁶ tei⁴ gung¹ gé³
舊 年 我 參 加 咗 由 大 學 提 供 嘅

去年我參加了大學提供的

sed⁶ zab⁶ gei³ wag⁶ hêu³ Yen³ Dou⁶ Mang⁶ Mai⁵ bun³ nin⁴
實 習 計 劃 ， 去 印 度 孟 買 半 年 ，

實習計劃，去印度孟買半年，

liu⁵ gai² dong¹ déi⁶ pen⁴ men⁴ fed¹ gé³ ging¹ zei³ ga³ jig⁶
了 解 當 地 貧 民 窟 嘅 經 濟 價 值 。

了解當地貧民窟的經濟價值。

Ni¹ qi³ ging¹ yim⁶ hoi¹ fud³ ngo⁵ gé³ ngan⁵ gai³
呢 次 經 驗 開 闊 我 嘅 眼 界 ，

這次經驗開闊我的眼界，

hog⁶ xig¹ do¹ gog³ dou⁶ tei² yed¹ gin⁶ xi⁶
學 識 多 角 度 睇 一 件 事 。

學會從多角度看一件事。

Hei² dai⁶ hog⁶ lêu⁵ min⁶
喺 大 學 裡 面 ，

大學裡，

ngo⁵ ceng⁴ ging¹ hei⁶ sé³ tong⁴ lam⁴ keo⁴ dêu² dêu² zêng²
我 曾 經 係 舍 堂 籃 球 隊 隊 長 ，

我曾經是宿舍的籃球隊隊長，

zung⁶ cam¹ ga¹ guo³ Gong² Dai⁶ yud⁶ yu⁵ bin⁶ lên⁶ dêu²
仲 參 加 過 港 大 粵 語 辯 論 隊 ，

還參加過港大粵語辯論隊，

deg¹ guo³ m⁴ xiu² zêng²
得 過 唔 少 獎 。

獲得過不少獎項。

Keo⁴ lêu⁶ wen⁶ dung⁶ tung⁴ bin⁶ lên⁶ béi² coi³
球 類 運 動 同 辯 論 比 賽

球類運動和辯論比賽

dou¹ hei⁶ gou¹ ging⁶ zeng¹ xing³ gé³ tün⁴ dêu² wud⁶ dung⁶
都 係 高 競 爭 性 嘅 團 隊 活 動 ，

都是高競爭性的團隊活動，

gei³ gong² keo⁴ heb⁶ zog³ dou¹ sêu¹ yiu³ go³ yen⁴ tei² neng⁴
既 講 求 合 作 ， 都 需 要 個 人 體 能 、

既講求合作，也需要個人體能、

ji³ lig⁶ tung⁴ géi⁶ sêd⁶ wu⁶ sêng¹ pui³ heb⁶
智 力 同 技 術 互 相 配 合 。
智力和技術互相配合。

Ni¹ di¹ hei² gung¹ zog³ sêng⁶ dou¹ ho² yi⁵ ying³ yung⁶
呢 啲 喺 工 作 上 都 可 以 應 用 。
這些在工作上都可以應用。

取材要點

· 自我介紹的目標是爭取一份工作，內容最好圍繞與工作要求相關的資料。

· 顯示你對面試公司和職位要求的了解，表現你對得到這職位的渴望。

· 面試前為了解職位要求，可以根據招聘廣告列出的條件，逐一調查職位的市場狀況，了解一般職務、工資水平和福利。如有疑問，可以瀏覽提供就業資訊的網站或職業介紹所的網站、詢問職業介紹所、詢問相關業界的朋友、閱讀有介紹相關業界的雜誌等。

· 介紹自己的履歷時，須切合職位要求，講出自己非常符合條件，表現出認真的工作態度、熱誠、良好的溝通技巧等，印證你是最合適人選。

· 要給面試官留下深刻印象，並不用介紹自己所有成就或舉過多例子，應避免內容冗長，選兩、三個重點就已足夠；略為説明你這些經歷可以怎樣應用在工作上。

· 所舉例子最好可以主導面試的問題範圍，讓自己做好充足準備。
例如就印度孟買的實習，面試官的提問大概會是：
「你點解選擇去印度，而唔係歐美或者內地？」
「你可以講吓喺印度嘅生活嗎？」
「你對孟買貧民窟有乜嘢感受？」

用語選擇

· 不要每句話都用「我」開始，使人覺得你自大、自我中心。
· 介紹自己應説全名：「我係王碧玲。」以表真誠，不能説：「我係王小姐/先生。」
· 用詞豐富精準。例子：成績「優異」，就比平平無奇的「好好」更合適。

小貼士

1. 面部表情
· 展現像賣牙膏廣告的笑容，微微露齒，最好從心出發。
· 注意眼神交流，讓對方覺得被重視，讓人更信任你，增強説服力。

2. 身體語言
· 如果有桌子，請將雙手放在桌上，態度大方自然。
· 不要緊抱雙臂在胸前，這是自我保護、拒絕與人溝通的姿勢。

3. 語速
· 説話速度宜放慢，最忌像網球發射機般連珠炮發，令面試官神經緊張，一個字也聽不進去。

練習

1. 模擬向下列的公司應徵一份工作，介紹自己：
保險公司、航空公司、電視台、電訊科技公司、家庭電器產品公司

2. 口譯

① 我不會游泳。你會教我嗎？

② 我會説四種語言，去外國旅遊不會有問題。

③ 學會禮讓，會留下好印象。

④ 不會有人救你，你不會隨機應變，就只能祝你幸運。

⑤ 你爸爸很會做菜，什麼菜都會做。不知道我會不會有口福嚐得到？

⑥ 如果客戶提出一些事情你不會處理，記緊請教你上司。他一定會教你怎樣做。

識 vs 會

🎧 0112.MP3

普通話裡的「會」，在廣東話可以講成「會 wui⁵」或「識 xig¹」，見《初學廣東話》161頁，請分清它們的意思和用法：

「會 wui⁵」

意思	例子
表示將來的可能性	Ting¹ yed⁶ wui⁵ log⁶ yu⁵ 聽 日 會 落 雨 。 明天將會下雨。
承諾	Ngo⁵ wui⁵ jiu³ gu³ hou² kêu⁵ 我 會 照 顧 好 佢 。 我會好好照顧他。

「識 xig¹」

意思	例子
表示懂得做或 有能力做某事	Ngo⁵ hog⁶ xig¹ do¹ gog³ dou⁶ tei² yed¹ gin⁶ xi⁶ 我 學 識 多 角 度 睇 一 件 事 。 我學會從多角度看一件事。
	Néi⁵ xig¹ m⁴ xig¹ yen⁴ xig¹ tei² sêng³ 你 識 唔 識 人 識 睇 相 ？ 你認識會看相的人嗎？

答案

1. **試想想招聘機構對你哪方面有興趣、想了解更多，來確定你是合適人才？以下問題，可以幫助你去構思：**

   - 應徵機構有什麼吸引你？建議參考該機構的網頁，最好講得出它的幾項優點。例如：用過它的產品或服務令你印象深刻，或看過它的廣告被畫面或概念打動。

   - 你對工作有什麼期望、目標和理想？有什麼能力可以在這家公司發揮？記住不要講成「喺呢間公司，我有機會學到好多嘢」，因為你拿的是工資，不是獎學金，你應該為公司貢獻。

   - 你的性格有什麼特別之處，或有什麼個人優點，能反映你適合這份工作？

   - 你有什麼愛好？這能顯示你的生活態度，來判斷是否適合這份工作。
     例如：喜歡電影，代表喜歡想像；喜歡攝影，就是對美的追求；喜歡爬山，代表熱愛大自然；參加義工隊，代表熱心公益，喜歡團體活動；喜歡籃球、游泳、跑步等運動，會被認為比一般人能吃苦，在高競爭性行業中就算遇到挫敗，都能堅強地應對；喜歡下棋，專注力比一般人強；喜歡烹飪，代表注重細節，有創意，懂得靈活變通；喜歡電腦遊戲，代表不怕挑戰，不輕易放棄，面對工作中的逆境，會尋求變通的辦法。

2. 🎧 0113.MP3

① Ngo⁵ m⁴ xig¹ yeo⁴ sêu²　　Néi⁵ wui⁵ m⁴ wui⁵ gao³ ngo⁵
　我　唔　識　游　水　。　你　會　唔　會　教　我　？

② Ngo⁵ xig¹ gong² séi³ zung² yu⁵ yin⁴
　我　識　講　四　種　語　言　，
　hêu³ ngoi⁶guog³ lêu⁵ heng⁴ m⁴ wui⁵ yeo⁵ men⁶ tei⁴
　去　外　國　旅　行　唔　會　有　問　題　。

③ xig¹ lei⁵ yêng⁶　　wui⁵ leo⁴ ha⁶ hou² yen³ zêng⁶
　識　禮　讓　，　會　留　下　好　印　象　。

④ M⁴ wui⁵ yeo⁵ yen⁴ geo³ néi⁵　　néi⁵ m⁴ xig¹ zeb¹ sang¹
　唔　會　有　人　救　你　，　你　唔　識　執　生　，
zeo⁶ wei⁴ yeo⁵ zug¹ néi⁵ hou² wen⁶
就　唯　有　祝　你　好　運　。

⑤ Néi⁵ ba⁴ ba¹ hou² xig¹ jing² yé⁵ xig
　你　爸　爸　好　識　整　嘢　食　，
med¹ yé⁵ coi³ dou¹ xig¹ jing²
乜　嘢　菜　都　識　整　。
M⁴ ji¹ ngo⁵ wui⁵ m⁴ wui⁵ yeo⁵ heo² fug¹ xig⁶ deg¹ dou² né¹
唔　知　我　會　唔　會　有　口　福　食　得　到　呢　？

⑥ Yu⁴ guo² hag³ wu⁶ tei⁴ cêd¹ di¹ yé⁵ néi⁵ m⁴ xig¹ qu³ léi⁵
　如　果　客　戶　提　出　啲　嘢　你　唔　識　處　理　，
géi³ ju⁶ céng² gao³ néi⁵ gé³ sêng⁶ xi¹
記　住　請　教　你　嘅　上　司　。
Kêu⁵ yed¹ ding⁶ wui⁵ gao³ néi⁵ dim² zou⁶
佢　一　定　會　教　你　點　做　。

向客戶做產品提案

課文 🎧 0211.MP3

Fun¹ ying⁴ gog³ wei² lei⁴ dou³
歡 迎 各 位 嚟 到
歡迎各位來到

jun¹ guei³ lêu⁵ yeo⁴ wui² jig⁶ gan² gai³ wui²
VIP 尊 貴 旅 遊 會 籍 簡 介 會 。
VIP尊貴旅遊會籍簡介會。

Ngo⁵ doi⁶ biu² gung¹ xi¹ wei⁶ gog³ wei² gai³ xiu⁶
我 代 表 VIP 公 司 為 各 位 介 紹
我代表VIP公司為各位介紹

ngo⁵ déi⁶ gé³ jun¹ guei³ lêu⁵ yeo⁴ wui² jig⁶
我 哋 嘅 尊 貴 旅 遊 會 籍 。
我們的尊貴旅遊會籍。

Hêng¹ Gong² yen⁴ dou¹ zung¹ yi³ hêu³ ngoi⁶ déi⁶ lêu⁵ heng⁴
香 港 人 都 鍾 意 去 外 地 旅 行 。
香港人都喜歡去外地旅遊。

Ngo⁵ nem² zoi⁶ zo⁶ gog³ wei² dou¹ yed¹ ding⁶ wui⁵ tung⁴ yi³
我 諗 在 座 各 位 都 一 定 會 同 意 ,
我想在座各位也一定會同意,

lêu⁵ yeo⁴ ling⁶ ngo⁵ déi⁶ yeo⁶ oi³ yeo⁶ hen⁶
旅 遊 令 我 哋 又 愛 又 恨 。
旅遊讓我們又愛又恨。

Lêu⁵heng⁴ ho² yi⁵ ling⁶ yen⁴ dün² zam⁶ léi⁴ hoi¹
旅 行 可 以 令 人 短 暫 離 開
旅遊讓人可以短暫離開

mui⁵ yed⁶ gen²zêng¹ gé³ seng¹wud⁶
每 日 緊 張 嘅 生 活 ，
每天緊張的生活，

hêu ngoi⁶ déi⁶ hang⁴ ha⁵ yeo⁶ ho² yi⁵ zeng¹guong²gin³men⁴
去 外 地 行 吓 又 可 以 增 廣 見 聞 。
去外地走走又可以增廣見聞。

Dan⁶ hei⁶ dai⁶ ga¹ wui⁵ gog³ deg¹ cam¹ ga¹ lêu⁵ heng⁴ tün⁴
但 係 大 家 會 覺 得 參 加 旅 行 團
但是大家會覺得參加旅行團

hou² qi⁵ gon²ngab³ zei² gem²
好 似 趕 鴨 仔 咁 。
走得像趕鴨子般匆忙。

Sêu¹ yin⁴ lêu⁵ heng⁴ sé⁵ med¹ yé⁵ dou¹ on¹ pai⁴ hou² sai³
雖 然 旅 行 社 乜 嘢 都 安 排 好 晒 ，
雖然旅行社什麼都為你安排好，

dan⁶ hei⁶ xi⁴ gan³ yeo⁶ gon² yeo⁶ mou⁵ ji⁶ yeo⁴
但 係 時 間 又 趕 又 冇 自 由 。
但是時間又急又沒自由。

ji⁶ yeo⁴ heng⁴ zeo⁶ hou² ji⁶ yeo⁴
自 由 行 就 好 自 由 ，
自助旅遊就很自由，

dan⁶ hei⁶ med¹ yé⁵ dou¹ yiu³ ji⁶ géi² on¹ pai⁴
但 係 乜 嘢 都 要 自 己 安 排 ，
但是什麼都要自己安排，

péi³ yu⁴ yiu³ ji⁶ géi² déng⁶géi² piu³ déng⁶zeo² dim³
譬 如 要 自 己 訂 機 票 、 訂 酒 店 、
比如要自己訂飛機票、預訂酒店、

mai⁵ lêu⁵ yeo⁴ bou² him² on¹ pai⁴ gao¹ tung¹
買 旅 遊 保 險 、 安 排 交 通
買旅遊保險、安排交通

tung⁴ mai⁵ gog³ lêu⁶ yeb⁶ cêng⁴ mun⁴ piu³ deng²deng²
同 買 各 類 入 場 門 票 等 等 。
和買各種入場門票等等。

Yi¹ ga¹ hei⁶ yeo⁵ hou² do¹ zeo² dim³ tung⁴ géi¹ piu³ gé³
依 家 係 有 好 多 酒 店 同 機 票 嘅
現在確實有很多比較酒店和機票

gag³ ga³ mong⁵   ho² yi⁵ bong¹dou⁶ lêu⁵ yeo⁴ oi³ hou² zé²
格 價 網 ， 可 以 幫 到 旅 遊 愛 好 者 ，
價格的網站，可以幫助旅遊愛好者，

ji¹ bed¹ guo³ yiu³ on¹ pai⁴ yed¹ ga¹ dai⁶ sei³ hêu³ lêu⁵ heng⁴
之 不 過 要 安 排 一 家 大 細 去 旅 行 ，
不過要安排一家大小去旅遊，

yeo⁵ xi⁴ zung⁶ sen¹ fu² guo³ fan¹ gung¹
有 時 仲 辛 苦 過 返 工 ；
有時候比上班還要辛苦；

so² yi⁵ ngo⁵ wa⁶ lêu⁵ heng⁴ ling⁶ ngo⁵ déi⁶ yeo⁶ oi³ yeo⁶ hen⁶
所 以 我 話 旅 行 令 我 哋 又 愛 又 恨 。
所以我説旅遊讓我們又愛又恨。

Ngo⁵ dou¹ hou²zung¹ yi³ lêu⁵ heng⁴   dan⁶ hei⁶ yeo⁶ pa³ ma⁴ fan⁴
我 都 好 鍾 意 旅 行 ， 但 係 又 怕 麻 煩 ，
我也很喜歡旅遊，但是又不想煩惱，

ngo⁵ nem² yu⁴ guo³ yeo⁵ yed¹ zung² fug⁶ mou⁶
我 諗 如 果 有 一 種 服 務
我想如果有一種服務

ho² yi⁵ zeo⁶ ngo⁵ gé³ yiu¹ keo⁴   lêu⁵ yeo⁴ zab⁶guan³
可 以 就 我 嘅 要 求 、 旅 遊 習 慣
可以按照我的要求、旅遊習慣

tung⁴hing³ cêu⁶ wei⁶ ngo⁵ on¹ pai⁴ hou² sai³ heng⁴qing⁴
同 興 趣 為 我 安 排 好 晒 行 程 ，
和興趣為我全面安排好行程，

gem²yêng² lêu⁵ yeo⁴ zeo⁶ zen¹ hei⁶
咁 樣 旅 遊 就 真 係
這樣旅遊就真的

bin³ xing⁴ yed¹ zung² log⁶ cêu³
變 成 一 種 樂 趣 。

變成一種樂趣。

Ngo⁵ déi⁶ gung¹ xi¹ yeo⁵ gin³ keb⁶ qi²
我 哋 公 司 有 見 及 此 ，

我們公司有見及此，

zeo⁶ tei⁴ gung¹ ni¹ zung² fug⁶ mou⁶
就 提 供 呢 種 服 務 。

就提供這種服務。

Xing⁴ wei⁴ ngo⁵ déi⁶ gé³ jun¹ guei³ lêu⁵ yeo⁴ wui² wui² yun⁴
成 為 我 哋 嘅 尊 貴 旅 遊 會 會 員 ，

成為我們的尊貴旅遊會會員，

zeo⁶ ho² yi⁵ hêng²yung⁶ tib³ sem¹　jun¹ yib⁶ lêu⁵ yeo⁴ fug⁶ mou⁶
就 可 以 享 用 貼 心 、 專 業 旅 遊 服 務 。

就可以享用貼心的專業旅遊服務。

Ngo⁵ déi⁶ yeo⁵ jun¹ yen⁴ jiu³ gu³ mui⁵ yed¹ wei² hag³ yen⁴
我 哋 有 專 人 照 顧 每 一 位 客 人 ，

我們有專職人員照顧每一位客人，

yeo⁴ cêd¹ fad³ qin⁴ yu⁶ déng⁶ géi¹ piu³　zeo² dim³
由 出 發 前 預 訂 機 票 、 酒 店 ，

由出發前預訂機票、酒店，

mai⁵ lêu⁵ yeo⁴ bou² him² tung⁴ yeb⁶cêng⁴gün³
買 旅 遊 保 險 同 入 場 券 ，

買旅遊保險和門票，

on¹ pai⁴ zou¹ ché¹ tung⁴　fug⁶mou⁶
安 排 租 車 同 WiFi 服 務 ；

安排租賃汽車和WiFi服務；

dou³ qid³ gei³ heng⁴qing⁴ dou¹ jiu³ gu³ dou³
到 設 計 行 程 都 照 顧 到 。

到設計行程，全都照顧得到。

Yi⁴ cé² ngo⁵ déi⁶ gung¹ xi¹ tung⁴hong⁴hung¹gung¹xi¹
而 且 我 哋 公 司 同 航 空 公 司 、

而且我們公司跟航空公司、

zeo² dim³ 　　 hoi² ngoi⁶ lêu⁵ heng⁴ sé⁵ yeo⁵ gen² med⁶ lün⁴ hei⁶

酒 店 、 海 外 旅 行 社 有 緊 密 聯 繫 ，

酒店、海外旅行社聯繫緊密，

ho² yi⁵ kog³ bou² ngo⁵ déi⁶ gé³ wui² yun⁴ yi⁵ zêu³ dei¹ ga³ gag³

可 以 確 保 我 哋 嘅 會 員 以 最 低 價 格

可以確保我們的會員用最低價格

déng⁶ dou² géi¹ piu³ 　　 zeo² dim³ deng² deng²

訂 到 機 票 、 酒 店 等 等 。

訂到機票、酒店等。

Wui² yun⁴ zoi³ m⁴ sei² séi³ wei⁴ wen² ji¹ liu² 　　 gag³ ga³

會 員 再 唔 使 四 圍 搵 資 料 、 格 價 ，

會員再不需要到處找資料、比較價格，

fa¹ xi⁴ gan³ hei² di¹ ma⁴ fan⁴ 　　 seb¹ sêu³ yé⁵ sêng⁶ min⁶

花 時 間 喺 啲 麻 煩 、 濕 碎 嘢 上 面 。

花時間在麻煩、瑣碎的事情上。

Cêu⁴ zo² cêd¹ fad³ qin⁴ yed¹ tiu⁴ lung⁴ fug⁶ mou⁶ ji¹ ngoi⁶

除 咗 出 發 前 一 條 龍 服 務 之 外 ，

除了出發前的全面服務，

ngo⁵ déi⁶ dou¹ wui⁵ tei⁴ gung¹ din⁶ wa² tung⁴ 　　 ji¹ wun⁴

我 哋 都 會 提 供 電 話 同 whatsapp 支 援 ，

我們還會提供電話和whatsapp支援，

jun¹ yen⁴ cêu⁴ xi⁴ gai² dab³ wui² yun⁴ yi¹ men⁶

專 人 隨 時 解 答 會 員 疑 問 。

有專職人員隨時解答會員的疑問。

Dai⁶ xi⁶ yu⁴ hei² ngoi⁶ déi⁶ wen² yi¹ yun² 　　 goi² géi¹ piu³

大 事 如 喺 外 地 搵 醫 院 、 改 機 票 、

大事如在外地找醫院、改機票、

wun⁶ zeo² dim³ 　　 xiu² xi⁶ yu⁴ wen² can¹ téng¹

換 酒 店 ， 小 事 如 搵 餐 廳 ，

換酒店，小事如找餐廳，

cam¹ ga¹ dong¹ déi⁶ lêu⁵ heng⁴ tün⁴

參 加 當 地 旅 行 團 ，

參加當地旅行團，

wag⁶ zé³ deg⁶ yin⁴ sêng² on¹ pai⁴ sang¹ yed⁶ wui²　keo⁴ fen¹
或 者 突 然 想 安 排 生 日 會 、 求 婚 、
或者突然想安排生日會、求婚、

zeo¹ nin¹ géi² nim⁶ deng²deng²　dou¹ m⁴ hei⁶ men⁶ tei⁴
周 年 紀 念 等 等 ， 都 唔 係 問 題 。
周年紀念等，這都不是問題。

Hêu³ yun⁴ lêu⁵ heng⁴ fan¹ lei⁴ ji¹ heo⁶
去 完 旅 行 返 嚟 之 後 ，
旅遊回來後，

ngo⁵ déi⁶ wui² gen¹ zên³ gog³ wei² wui² yun⁴
我 哋 會 跟 進 各 位 會 員
我們會跟進各位會員

dêu³ gog³ hong⁶ fug⁶ mou⁶ gé³ mun⁵ yi³ qing⁴ dou⁶
對 各 項 服 務 嘅 滿 意 程 度 ，
對各項服務的滿意程度，

mou⁶ keo⁴ ha⁶ yed¹ qi³ wei⁶ wui² yun⁴ on¹ pai⁴ lêu⁵ yeo⁴
務 求 下 一 次 為 會 員 安 排 旅 遊 ，
務求下一次為會員安排旅遊，

fug⁶ mou⁶ ho² yi⁵ geng³ngam¹sem¹
服 務 可 以 更 啱 心 。
服務可以更合心意。

Yu⁴ guo² néi⁵ sêng² yeo⁵ yed¹ go³ on¹ sem¹　xu¹ xig¹
如 果 你 想 有 一 個 安 心 、 舒 適
如果你想有一個安心、舒適

tung⁴ jun¹ guei³ gé³ lêu⁵ yeo⁴ tei² yim⁶
同 尊 貴 嘅 旅 遊 體 驗 ；
和尊貴的旅遊體驗；

yu⁴ guo² sêng² yeo⁵ jun¹ yen⁴ cêd¹ fad³ ji¹ qin⁴
如 果 想 有 專 人 出 發 之 前
如果想有專職人員在出發前

med¹ yé⁵ dou¹bong¹ néi⁵ on¹ pai⁴ hou² sai³
乜 嘢 都 幫 你 安 排 好 晒 ，
什麼都為你安排好，

dou³ bou⁶ heo⁶ yed¹ yêng⁶ jiu³ gu³ zeo¹ dou³
到 埗 後 一 樣 照 顧 周 到 ，
抵達目的地後同樣照顧周到，

qing² ga¹ yeb⁶ jun¹ guei³ lêu⁵ yeo⁴ wui² jig⁶
請 加 入 VIP 尊 貴 旅 遊 會 籍 。
請加入VIP尊貴旅遊會籍。

Gem¹ yed⁶ hei² wui² cêng⁴
今 日 喺 會 場 ，
今天的會場裡，

ngo⁵ déi⁶ yeo⁵ jun¹ yen⁴ bong¹ gog³ wei² cêng⁴ sei³ liu⁵ gai²
我 哋 有 專 人 幫 各 位 詳 細 了 解
我們有專職人員協助各位詳細了解

jun¹ guei³ lêu⁵ yeo⁴ wui² jig⁶ noi⁶ yung⁴
VIP 尊 貴 旅 遊 會 籍 內 容
VIP尊貴旅遊會籍內容

tung⁴ yeb⁶ wui² ban⁶ fad³ Do¹ zé⁶ gog³ wei²
同 入 會 辦 法 。 多 謝 各 位 。
和入會辦法。謝謝各位。

廣東話詞彙運用

🎧 0212.MP3

拼音及詞彙	意思	例子
gon²ngab³ zei² 趕 鴨 仔	形容旅行團帶着一隊客人匆忙趕路	Ngo⁵ m⁴ sêng² béi² yen⁴ gon²ngab³ zei² 我 唔 想 畀 人 趕 鴨 仔 。 我不想參加旅行團被人趕着走。

拼音及詞彙	意思	例子
gag³ ga³ 格 價	比較價格，找出最優惠划算的	Sêng⁵mong⁵gag³guo³ ga³ 上 網 格 過 價 xin¹ küd³ ding⁶ mai⁵ m⁴ mai⁵ 先 決 定 買 唔 買 。 上網比較過價錢才決定買不買。 Hêu³ do¹ lêng⁵ gan¹ qiu¹ xi⁵ 去 多 兩 間 超 市 gag³ ha⁵ ga³ 格 吓 價 。 多去兩家超市比較價錢。
seb¹ sêu³ 濕 碎	瑣碎、小意思	Gei³ qin² m⁴ hou² gei³ dou³ 計 錢 唔 好 計 到 gem³ seb¹ sêu³　　 géi² men¹ zeo⁶ 咁 濕 碎 ， 幾 蚊 就 m⁴ sei² béi² fan¹ ngo⁵ la¹ 唔 使 畀 返 我 啦 。 算錢別那麼瑣碎，幾塊錢就不用還我。 Di¹ seb¹ sêu³ yé⁵　　 hou² qi⁵ 啲 濕 碎 嘢 ， 好 似 san²ngen²　 so² xi⁴　　 man⁶ ji⁶ gib³ 散 銀 、 鎖 匙 、 萬 字 夾 ， zeo⁶ wen² go³ heb²zong¹hou² kêu⁵ la¹ 就 搵 個 盒 裝 好 佢 啦 。 那些零碎小東西像零錢、鑰匙、曲別針，就用盒子放好吧。
dou³ bou⁶ 到 埗	抵達目的地	Néi⁵ dou³ bou⁶ géi³ deg¹ 你 到 埗 記 得 da² din⁶ wa² fan¹ ug¹ kéi² 打 電 話 返 屋 企 。 你抵達目的地後記得打電話回家。

- 產品提案是商業機構一項常見而且非常重要的程序，目的是幫助客戶了解新開發產品或服務的特色，最後希望客戶會訂購該產品或服務，從而令你所屬的公司有新訂單和提高銷售額。

- 說明它與同類型產品或服務的主要分別，以突出該產品的優點。

- 重點介紹該產品或服務的兩、三個特點，目的為加深客戶對產品或服務的認識，以及令客戶對產品或服務留下深刻印象；產品介紹切忌冗長。

- 產品提案不是單方面的演說，更重要的是提供足夠的訊息，幫助客戶解決問題、滿足客戶需求；懂得多、說得少，才能成功提案。也因此，準備時要了解客戶需要；作產品或服務介紹時儘量切合客戶需要和要求。

- 介紹產品或服務重點時，儘量配以生活上的例子或迎合客戶需要的例子。

- 提出證據，不要口說無憑。很多顧客都不喜歡業務員說話天花亂墜，因此，做產品提案時需要提出證據來讓自己更具說服力。展示媒體的相關報導、顧客寫的用家評價等，都是增加說服力的方法。

- 業務員最好站在客戶的立場來介紹產品。每個人都只關心跟自己有關的事情，客戶也不例外，但是許多業務員只集中介紹公司和產品，忘了提及產品能為顧客帶來的好處。所以做產品提案時，一開始就要拋出誘餌，才能吸引顧客。

用語選擇

- 多用肯定語氣。例子：「我哋嘅產品一定能夠……」、「我哋公司嘅服務必定……」。
- 避免使用「可能」、「或者」、「我估」等字詞。
- 語體要統一，不要時俗時正式。

· 多用較正式語體。

正式	非正式
xun² zag⁶ 選 擇	gan² 揀
yed¹ ding⁶ 一 定	geng² hei⁶ 梗 係
cêu⁴ bin² 隨 便	xi⁶ dan⁶ 是 旦
on¹ pai⁴ 安 排	gao² 搞
gei³ wag⁶　　da² xun³ 計 劃 、 打 算	nem² ju⁶ 諗 住
ho² yi⁵　　mou⁵ men⁶ tei⁴ 可 以 、 冇 問 題	OK
ho² yi⁵ zou⁶ yun⁴ 可 以 做 完	zou⁶ deg¹ mai⁴ 做 得 埋
jig⁶ deg¹ sên³ yem⁶ 值 得 信 任	sên³ deg¹ guo³　　kao³ deg¹ ju⁶ 信 得 過 、 靠 得 住
bed¹ yêg³ yi⁴ tung⁴ 不 約 而 同	gem³ngam¹ 咁 啱
yu⁵ qi² tung⁴ xi⁴ 與 此 同 時	zung⁶yeo⁵ 仲 有

· 可以用四字成語，更正式、濃縮、具說服力。課文中的例子：在座各位、有見及此、增廣見聞、又愛又恨、照顧周到。

· 避免用語與忌諱有關聯。

應避免的説法	原因	建議説法
wan² yun⁴ 玩 完	聯想到另一意思「完蛋」	hêu³ yun⁴ lêu⁵ heng⁴ fan¹ lei⁴ **去 完 旅 行 返 嚟** 。 去過旅遊，剛回來。 (説清楚玩過什麼)
sen¹ heo⁶ gé³ 身 後 嘅 tou⁴ pin² 圖 片	聯想到「身後事」	heo⁶ min⁶ gé³ tou⁴ pin² **後 面 嘅 圖 片** 後面的圖片 bui³ heo⁶ gé³ tou⁴ pin² **背 後 嘅 圖 片** 背後的圖片 (用同義詞取代)
yi⁵ ging¹ m⁴ 已 經 唔 hei² dou⁶ 喺 度	意思「已經不在」，暗示死了	yi⁵ ging¹ fan¹ zo² ug¹ kéi² **已 經 返 咗 屋 企** 。 已經回家了。 yi⁵ ging¹ jun³ zo² sen¹ ging¹ léi⁵ **已 經 轉 咗 新 經 理** 。 已經換了新經理。 yi⁵ ging¹ bun¹ zo² hêu³ heo⁶ min⁶ gai¹ **已 經 搬 咗 去 後 面 街** 。 已經搬到後面的街去了。 (説清楚去了什麼地方或換成什麼)
kêu⁵ zeo² zo² 佢 走 咗	意思「他離開了」，與死了同義	Kêu⁵ yi⁵ zo² men⁴ hêu³ Ga¹ Na⁴ Dai⁶ **佢 移 咗 民 去 加 拿 大** 。 移民到加拿大去了。 (説清楚去了什麼地方)
bag³ mou⁵ 伯 母 (只用於稱呼朋友的媽媽)	與「百冇」同音，即什麼都沒有	bag³ yeo⁵ Auntie、**百 友** 與「百有」同音，即什麼都有。

應避免的說法	原因	建議說法
go² teo⁴ ken⁵ 果　頭　近	意思是「走那邊近」，另一用法是暗喻「生命盡頭越來越近」，聯想到快要死。	hang⁴ go² bin⁶ fai³ di¹ 行　果　便　快　啲　。 走那邊比較快。 （從另一角度講）
xiu¹ log⁶ hêu³ 燒　落　去 béi² néi⁵ 畀　你	聯想到燒紙祭品送給死後的人。	zêng¹ di¹ fai¹ lou⁴ xiu¹ 將　啲　快　勞　燒 yed¹ zég³ dib⁶ béi² néi⁵ 一　隻　碟　畀　你　。 把檔案放進光盤給你。 （詳細說明怎樣做）
sung³ néi⁵ yed¹ 送　你　一 qing⁴ 程	聯想到送你上路是把你殺掉。	ngo⁵ pui⁴ néi⁵ hêu³ dab³ cé¹ 我　陪　你　去　搭　車　。 我陪你去坐車。 （從另一角度講清楚）

小貼士

1. 態度
· 回答客戶問題時，要以務實態度回覆。

2. 語速
· 留意語速，不宜太慢，也不要過快，應像平常説話時的語速。遇到產品或服務重點時，可把語速放慢些，以表示內容的重要性。
· 不要一時興奮或緊張，加快説話速度。

3. 身體語言與互動
· 説話時要表現自信，令客戶覺得你很熟悉所介紹的產品和服務。
· 不要緊抱雙臂在胸前，這是自我保護、拒絕與人溝通的姿勢。
· 如果有客戶提問，聆聽時身體微向前傾，頭部傾側。

· 介紹時可與客戶互動。不單在問答環節，在介紹產品或服務時要看客戶反應，以調整內容或語速。可以多介紹客戶感興趣的重點，以及產品和服務的特色。

練習

1. 試用一分鐘推介一件平平無奇的產品：
   一個水杯、一支筆、一盞燈、一件襯衫

2. 試把四字成語改成廣東話口語。

1	zeo² ma⁵ hon³ fa¹ 走 馬 看 花	2	zeo¹ gêu¹ lou⁴ dên⁶ 舟 車 勞 頓
3	zeng¹ guong² gin³ men⁴ 增 廣 見 聞	4	dai⁶ fei³ zeo¹ zêng¹ 大 費 周 章
5	yed¹ ying³ kêu¹ qun⁴ 一 應 俱 全	6	yeo⁵ gin³ keb⁶ qi² 有 見 及 此
7	yed¹ lam⁵ mou⁴ wei⁴ 一 覽 無 遺	8	mou⁴ méi⁴ bed¹ ji³ 無 微 不 至

答案

1. 要將一件平平無奇的產品推介得有聲有色，可以從幾方面思考：

‧怎樣將你、聽者和這件產品發生聯繫？

‧怎樣鋪排可以顯得與別不同？

‧聽者想要什麼？想怎樣用這產品？

‧這產品在什麼情況下能發揮最大作用？

‧場內有什麼物件可以利用來説明這產品的用途？即席示範如何使用一件產品，既發揮你的想像力和表達能力，還可以展示專業知識。

‧可以用故事引起聽者的興趣，讓他們了解產品的用途和特色。選故事要選聽者所喜愛、重視的事情，故事最好是第一身經歷，或者與大家認識的人有關，説起來更容易投入。

‧將產品的特性從不同方向連結起來，使內容豐富。
向橫 ⇨：想出有什麼與這產品類似、相同的具體例子。
向上 ⤴：將這產品的概念提升至象徵性意義，找到關聯。這樣做可以達致整體認同，協調不同意見。
向下 ⤵：將這產品的資料區別、細分，理清目標，連繫到現在情況。

例子一

向上 ⤶ 象徵性意義	快樂 身心健康 補充水份、營養 容器
向橫 ⇨ ↑ 類似事物 → ↓	水杯 → ①（各種杯子）茶杯、咖啡 ②（其他容器）水壺、鍋 ③（餐具）刀叉、羹匙、筷子
具體細節 向下 ⤵	杯身形狀、杯口、杯底、杯耳 使用杯子的情境 拿杯子的動作

例子二

向上 ⤶ 象徵性意義	為地球、人類持續發展 環保 節省能源、金錢
向橫 ⇨ ↑ 類似事物 → ↓	LED 燈 → ① 各種燈膽、光管 ②（其他照明工具）電筒、蠟燭、 火炬、閃燈、油燈、煤氣燈 ③（發光物體）太陽、火、閃電
具體細節 向下 ⤵	生產方式 銷售 使用方法

· 活用向不同方向發展，引導問題去你想談的方向：

例子：「今日天氣點呀？」

①「🎵今朝陰天，到咗下晝開始有陽光。♪天氣真係好難預測，就好似我哋啱啱討論過嘅話題，⇨市場嘅反應唔易掌握……」

②「⇨最近又熱又潮濕，好難忍受。🎵咁樣嘅天氣仲有幾個月要捱，不過總會過去。♪諗到非洲等第三世界國家，佢哋終生離唔開苦難……」

2.   🎧 0215.MP3

1	zeo² ma⁵ hon³ fa¹ 走 馬 看 花 hou² gon² hou² geb¹ gem² tei² guo² ha⁵ di¹ ging² dim² 好 趕 好 急 咁 睇 過 吓 啲 景 點 。
2	zeo¹ gêu¹ lou⁴ dên⁶ 舟 車 勞 頓 yeo⁶ yiu³ dab³ cé¹ yeo⁶ yiu³ dab³ xun⁴　　gao³ dou³ hou² gui⁶ 又 要 搭 車 又 要 搭 船 ， 搞 到 好 劫 。
3	zeng¹ guong² gin³ men⁴ 增 廣 見 聞 gin³ xig¹ do¹ di¹ yé⁵ 見 識 多 啲 嘢 。
4	dai⁶ fei³ zeo¹ zêng¹ 大 費 周 章 gao² hou² do¹ ma⁴ fan⁴ yé⁵　　gao² dou³ hou² fug¹ zab⁶ 搞 好 多 麻 煩 嘢 ， 搞 到 好 複 雜 。
5	yed¹ ying³ kêu¹ qun⁴ 一 應 俱 全 med¹ yé⁵ dou¹ yeo⁵ cei⁴ 乜 嘢 都 有 齊 。
6	yeo⁵ gin³ keb⁶ qi² 有 見 及 此 yen¹ wei⁶ gin³ dou² ni¹ di¹ men⁶ tei⁴　　qing⁴ fong³ 因 為 見 到 呢 啲 問 題 / 情 況 。

7	yed¹ lam⁵ mou⁴ wei⁴ 一 覽 無 遺 yed¹ ngan⁵ mong⁶ guo³ hêu³　　med¹ yé⁵ dou¹ tei² sai³ 一 眼 望 過 去 ， 乜 嘢 都 睇 晒 。
8	mou⁴ méi⁴ bed¹ ji³ 無 微 不 至 hou² sei³ sem¹ jiu³ gu³　　med¹ yé⁵ dou¹ jiu³ gu³ zeo¹ dou³ 好 細 心 照 顧 ， 乜 嘢 都 照 顧 周 到 。

第三課

為志願機構募款

Fun¹ ying⁴ gog³ wei² lei⁴ dou³
歡 迎 各 位 嚟 到
歡迎各位來到

guan¹ ju³ pen⁴ kung⁴ yi⁴ tung⁴ lün⁴ meng⁴
「 關 注 貧 窮 兒 童 聯 盟 」
「關注貧窮兒童聯盟」

qi⁴ xin⁶ ceo¹ fun² yem¹ ngog⁶ wui²
慈 善 籌 款 音 樂 會 。
慈善籌款音樂會。

Ni¹ qi³ gé³ yem¹ ngog⁶ wui² ju² yiu³ hei⁶ wei⁶
呢 次 嘅 音 樂 會 主 要 係 為
這個音樂會主要是為

guan¹ ju³ pen⁴ kung⁴ yi⁴ tung⁴ lün⁴ meng⁴   ceo⁴ mou⁶ ging¹ fei³
「 關 注 貧 窮 兒 童 聯 盟 」 籌 募 經 費 ，
「關注貧窮兒童聯盟」籌募經費，

wei⁶ geng³ do¹ yeo⁵ sêu¹ yiu³ gé³ yi⁴ tung⁴ tei⁴ gung¹ wun⁴ zo⁶
為 更 多 有 需 要 嘅 兒 童 提 供 援 助 。
為更多有需要的兒童提供援助。

Yi⁶ ling⁴ ling⁴ bad³ nin⁴ ng⁵ yud⁶
二 ○ ○ 八 年 五 月 ，
2008年5月，

ging¹ lig⁶ Men⁴ Qun¹ dai⁶ déi⁶ zen³ ji¹ heo⁶
經 歷 汶 川 大 地 震 之 後 ，
經歷汶川大地震後，

ngo⁵ déi⁶ zeo⁶ fad³ héi² zou² jig¹ xing⁴ leb⁶
我 哋 就 發 起 組 織 成 立
我們就發起組織成立

guan¹ ju³ pen⁴ kung⁴ yi⁴ tung⁴ lün⁴ meng⁴
「 關 注 貧 窮 兒 童 聯 盟 」
「關注貧窮兒童聯盟」

ni¹ go³ qi⁴ xin⁶ géi¹ keo³
呢 個 慈 善 機 構 。
這個慈善機構。

Ngo⁵ déi⁶ zou² jig¹ gé³ zung¹ ji² léi⁵ nim⁶ hei⁶
我 哋 組 織 嘅 宗 旨 理 念 係
我們組織的宗旨理念是

guan¹ oi³ pen⁴ kung⁴ yi⁴ tung⁴
關 愛 貧 窮 兒 童 、
關愛貧窮兒童、

guan¹ ju³ sé⁵ wui² gung¹ yig¹ xi⁶ yib⁶
關 注 社 會 公 益 事 業 ，
關注社會公益事業，

yi⁵ keb⁶ qun⁴ dei⁶ sé⁵ wui² gung¹ yig¹ méi⁵ deg¹
以 及 傳 遞 社 會 公 益 美 德 ，
以及傳遞社會公益美德，

yi⁴ gung¹ ping⁴ gung¹ jing³ yeo⁵ oi³ wu⁶ zo⁶ fung⁶ hin³
而 公 平 、 公 正 、 友 愛 、 互 助 、 奉 獻
而公平、公正、友愛、互助、奉獻

geng³ hei⁶ zou² jig¹ xing⁴ yun⁴ gé³ hed⁶ sem¹ ga³ jig⁶ gun¹
更 係 組 織 成 員 嘅 核 心 價 值 觀 。
更是組織成員的核心價值觀。

Hei² yi⁶ ling⁴ yed¹ ng⁵ nin⁴ geo² yud⁶ hoi¹ qi²
喺 二 ○ 一 五 年 九 月 開 始 ，
2015年9月開始，

guan¹ ju³ pen⁴ kung⁴ yi⁴ tung⁴ lün⁴ meng⁴　　zou² jig¹ guo³
「　關　注　貧　窮　兒　童　聯　盟　」組　織　過
「關注貧窮兒童聯盟」組織過

hou² do¹ cêng⁴ wei⁶ Zung¹ Guog³ noi⁶ déi⁶
好　多　場　為　中　國　內　地
很多場為中國內地

san¹ kêu¹ yi⁴ tung⁴ ceo⁴ fun² gé³ wud⁶ dung⁶
山　區　兒　童　籌　款　嘅　活　動　，
山區兒童籌款的活動，

zung⁶ yeo⁵ gêu² ban⁶ zo² yed¹ di¹ guan¹ ju³ san¹ kêu¹ yi⁴ tung⁴
仲　有　舉　辦　咗　一　啲　關　注　山　區　兒　童
還舉辦了一些關注山區兒童

sen¹ sem¹ gin⁶ hong¹ gé³ jin² lam⁵　　béi² coi³
身　心　健　康　嘅　展　覽　、　比　賽
身心健康的展覽、比賽

tung⁴ gao¹ leo⁴ wud⁶ dung⁶
同　交　流　活　動　。
和交流活動。

Guo³ hêu³ géi² nin⁴　　　guan¹ ju³ pen⁴ kung⁴ yi⁴ tung⁴ lün⁴ meng⁴
過　去　幾　年　，「　關　注　貧　窮　兒　童　聯　盟　」
過去幾年，「關注貧窮兒童聯盟」

bed¹ dün⁶ hoi¹ fad³ gung¹ yig¹ ji¹ yun⁴
不　斷　開　發　公　益　資　源　，
不斷開發公益資源，

ga¹ dai⁶ gung¹ yig¹ xun¹ qun⁴ lig⁶ dou⁶
加　大　公　益　宣　傳　力　度　，
加大公益宣傳力度，

gung² gu³ fad³ jin² wui⁶ yun⁴ tün⁴ dêu⁶　　da² zou⁶ cêd¹ hou² do¹
鞏　固　發　展　會　員　團　隊　，　打　造　出　好　多
鞏固發展會員團隊，打造出很多

zung³ so² zeo¹ ji¹ gé³ qi⁴ xin⁶ gung¹ yig¹ hong⁶ mug⁶
眾　所　周　知　嘅　慈　善　公　益　項　目　，
眾所周知的慈善公益項目，

lei⁶ yu⁴　　pen⁴kung⁴ yi⁴ tung⁴ zo⁶ yêng⁵ gei³ wag⁶
例 如 《 貧 窮 兒 童 助 養 計 劃 》 、
比如《貧窮兒童助養計劃》、

　　yen⁴ yen⁴ yeo⁵ xu¹ dug⁶
《 人 人 有 書 讀 》 、
《人人有書讀》、

　　cên¹ jid³ sung³ nün⁵ dai⁶ heng⁴dung⁶　deng²deng²
《 春 節 送 暖 大 行 動 》 等 等 。
《春節送暖大行動》等。

Ngo⁵ déi⁶ yung⁶ jun¹ yib⁶ cou¹ seo² zou⁶ qi⁴ xin⁶ wud⁶dung⁶
我 哋 用 專 業 操 守 做 慈 善 活 動 ,
我們以專業操守做慈善活動,

héi¹mong⁶ ho² yi⁵ yeo⁵ hao⁶ hoi¹ jin² gung¹ yig¹ xi⁶ mou⁶
希 望 可 以 有 效 開 展 公 益 事 務 ,
希望可以有效開展公益事務,

lêu⁶ jig¹ ging¹ fei³
累 積 經 費 。
積累經費。

Lei⁴ gen² géi² nin⁴　ngo⁵ déi⁶ gei³ wag⁶ zeo² cêd³ Zung¹Guog³
嚟 緊 幾 年 , 我 哋 計 劃 走 出 中 國 ,
未來幾年,我們計劃走出中國,

zên³ yed¹ bou⁶ cam¹ yu⁵ yed¹ di¹ guan¹ ju³ sei³ gai³ gog³ déi⁶
進 一 步 參 與 一 啲 關 注 世 界 各 地
進一步參與一些關注世界各地

pen⁴kung⁴ yi⁴ tung⁴ gé³ hong⁶mug⁶　　lei⁶ yu⁴
貧 窮 兒 童 嘅 項 目 , 例 如
貧窮兒童的項目,比如

　　guan¹ ju³ qun⁴ keo⁴ pen⁴kung⁴ yi⁴ tung⁴guog³ zei³ wui⁶ yi⁵
《 關 注 全 球 貧 窮 兒 童 國 際 會 議 》 。
《關注全球貧窮兒童國際會議》。

Ni¹ go³ wui⁶ yi⁵ yiu¹ qing² dou² sei³ gai³ gog³ déi⁶
呢 個 會 議 邀 請 到 世 界 各 地
這個會議邀請到世界各地

guan¹ ju³ pen⁴kung⁴ yi⁴ tung⁴ gé³ qi⁴ xin⁶ zou² jig¹
關 注 貧 窮 兒 童 嘅 慈 善 組 織 、
關注貧窮兒童的慈善組織、

gung¹ying⁴ géi¹ keo³ tung⁴ gog³ guog³ jing³ fu² doi⁶ biu²
公 營 機 構 同 各 國 政 府 代 表
公營機構和各國政府代表

cam¹ ga¹ héi¹mong⁴ ho² yi⁵ jing² heb⁶ bed¹ tung⁴ ji¹ yun⁴
參 加 ， 希 望 可 以 整 合 不 同 資 源 ，
參加，希望可以整合不同資源，

ga¹ kêng⁴ heb⁶ zog³
加 強 合 作 。
加強合作。

Ling⁶ngoi⁶ ngo⁵ déi⁶ dou¹ wui⁵ dai⁶ lig⁶ têu¹guong²
另 外 ， 我 哋 都 會 大 力 推 廣
另外，我們也會大力推廣

yed¹ hei⁶ lid⁶ hong⁶mug⁶ bao¹ küd³
一 系 列 項 目 ， 包 括
一系列項目，包括

hib³ zo⁶ Nam⁴ A³ déi⁶ kêu¹ sed¹ hog⁶ yi⁴ tung⁴
《 協 助 南 亞 地 區 失 學 兒 童 》 、
《協助南亞地區失學兒童》、

guan¹ ju³ féi¹ fad³ tung⁴gung¹ deng²deng²
《 關 注 非 法 童 工 》 等 等 ，
《關注非法童工》等，

ni¹ di¹ hong⁶mug⁶ dou¹ sêu¹ yiu³ ji¹ gem¹
呢 啲 項 目 都 需 要 資 金
這些項目都需要資金

tung⁴ yi⁶ gung¹hêu³ ji¹ qi⁴
同 義 工 去 支 持 。
和志願者去支持。

Wei⁶ zo² ling⁶ guan¹ ju³ pen⁴kung⁴ yi⁴ tung⁴ lün⁴meng⁴ gé³
為 咗 令 「 關 注 貧 窮 兒 童 聯 盟 」 嘅
為了讓「關注貧窮兒童聯盟」的

35

gung¹ping⁴　　gung¹ jing³　　　yeo⁵ oi³　　　wu⁶ zo⁶ tung⁴fung⁶ hin³ gé³
公 平 、 公 正 、 友 愛 、 互 助 同 奉 獻 嘅

公平、公正、友愛、互助和奉獻的

gung¹ yig¹ jing¹ sen⁴ hei² qun⁴ sei³ gai³ deg¹ dou³weng⁴yêng⁴
公 益 精 神 喺 全 世 界 得 到 弘 揚 ，

公益精神在全世界得到弘揚，

héi¹mong⁶ zoi⁶ zo⁶ gog³ wei² xin⁶ zêng² yen⁴ yung¹
希 望 在 座 各 位 善 長 人 翁

希望在座各位善長人翁

ho² yi⁵ ding² lig⁶ ji¹ qi⁴　　　dai⁶ hoi¹ xin⁶ nong⁴
可 以 鼎 力 支 持 ， 大 開 善 囊 ，

可以鼎力支持，大開善囊，

wei⁶ sei³ gai³ pen⁴kung⁴ yi⁴ tung⁴ cêd¹ yed¹ fen¹ lig⁶
為 世 界 貧 窮 兒 童 出 一 分 力 ！

為世界貧窮兒童出一分力！

Do¹ zé⁶ dai⁶ ga¹
多 謝 大 家 ！

謝謝大家！

取材要點

· 為志願機構募款，首先要清楚募款目的、志願機構的性質和工作範圍，以及受惠者資料。

· 募款演說首要目的當然是能成功募捐善款，也要讓大眾了解志願機構的目標與工作範圍，希望能加深社會大眾對受惠者的認識，了解他們的需要。

· 為加強大眾對志願機構的信任，演說也應簡單介紹志願機構的往績及對社會作出的貢獻。

- 針對不同性格的捐款者，用不同策略推動他們捐款。例如：對於有正義感、是非對錯鮮明的人，就告訴他們捐款是件好事，錢也花得很有意義。對於功利主義的人，就利誘他們，例如在節目場刊中登出他們的姓名、建築物以他們的名字命名、可以得到獎狀，或傳媒報導整件事。對於有宏觀思想的人，告訴他們捐款對整個社會有好處，互助互愛使人更快樂。

- 全篇結構可以分段為：
  ① 開場白
  ② 組織背景
  ③ 組織在過去的成就
  ④ 組織在未來的發展
  ⑤ 再次呼籲各位捐款

用語選擇

- 募款演說是相對正式的「一對多」場合演說。試問誰會捐款給態度輕挑、滿口俗語的募捐者？所以募款演說需要用上較多正式語體，語體也要統一。

- 演說開端要正確說出志願機構名稱、募捐項目名稱和受惠單位。

- 多用「肯定」、「必然」、「一定」等詞語以加強肯定語氣。例子：「你哋嘅捐款肯定會令好多山區兒童受惠」、「……一定幫到佢哋」。

- 善用比喻說明，不要只搬出硬生生的數據講解機構工作和籌款活動的成果。例子：「我哋先後有93,000人參加過，為呢個活動合共籌得超過五億港元善款」，如果換成觸動捐款者感受的講法，考慮他們的年齡、性格特點、背景資歷，把數字形象化，講出重要性，效果更佳。
  例子：「呢個活動先後有93,000人參加過，三個維園都容納唔晒，合共籌得超過五億港元善款，相當於對十五萬個綜援人士嘅資助。」

1. 發音準確

· 演説要正確説出志願機構名稱，募捐項目名稱和受惠單位。在正式演説前應多次練習。如有不確定的讀音或名稱，務必調查清楚，最好直接問當事人。

2. 語速

· 可用正常説話語速。在重要項目或重點前，可稍為停頓一下。

3. 面部表情

· 表情要流露出堅定自信，使大眾對志願機構和募捐項目有信心。説話時要掃視在場每一個人，像跟每個人説話一樣。不要只注視一個目標點。

4. 身體語言

· 説話時儘量保持端莊、親切的態度。

練習

1. 模擬為下列志願機構募款，和為募捐項目宣傳：

香港奧比斯暗中夜宴、樂施毅行者、
香港中樂團籌款音樂會

2. 廣東話、普通話的詞語前後對調：

例子： lêu⁶ jig¹ ging¹ fei³
累 積 經 費

積累經費

請在下面詞語中選出適當的廣東話詞語並填在空格上：

怪責　隱私　積累　打轆輾　碎紙　累積
齊整　限期　配搭　私隱　取錄　紙碎

① 我地填個人資料要小心留意＿＿＿＿問題。
② 佢嘅仔俾香港最好嘅大學＿＿＿＿咗，佢好開心。

③ 煮餸其實好簡單，最重要係要識 _____ 材料。

④ 我個仔最鍾意喺屋企樓下嘅公園 _____ 。

⑤ 碎紙機壞咗，搞到寫字樓成地 _____ 。

⑥ 今晚要趕好呢份報告，因為老闆俾我嘅 _____ 係聽日。

⑦ 年青人做多啲，唔使計較咁多，當 _____ 多啲經驗囉。

⑧ 果件事都唔關我事，唔知點解個個都 _____ 我。

答案

1. 提示：

· 從志願機構的網頁或該機構聯絡人，了解機構的性質和工作範圍，以及受惠者資料。

· 介紹活動的特色、與募款機構的工作有什麼關係。比如「香港奧比斯暗中夜宴」是讓捐款者感受失明人士(受惠者)的困難和挑戰，在完全黑暗的環境吃一頓飯。又比如「香港中樂團籌款音樂會」會邀請嘉賓如流行歌星和著名演奏家、客席指揮和特色主題演奏曲目等等。

· 介紹參加辦法和籌款目標。比如「樂施毅行者」是大型遠足活動，設有各種隊伍類別和名額，參加者還必須達到最低籌款額。

· 如果活動不是新構思，可以從網上找到過往的資料一併介紹，增強吸引力和對募款機構的信心。

2. 　　　　　　　　　　　　　　🎧 0312.MP3

① Ngo⁵ déi⁶ tin⁴ go³ yen⁴ ji¹ liu² yiu³ xiu² sem¹
我 哋 填 個 人 資 料 要 小 心
leo⁴ yi³ xi¹ yen² men⁶ tei⁴
留 意 私 隱 問 題 。
我們填寫個人資料要小心注意隱私問題。

② Kêu⁵ béi² Hêng¹Gong²zêu³hou² gé³ dai⁶ hog⁶
佢 畀 香 港 最 好 嘅 大 學
cêu² lug⁶ zo² dug⁶ ség⁶ xi⁶ 　 kêu⁵ hou² hoi¹ sem¹
取 錄 咗 讀 碩 士 ， 佢 好 開 心 。
他被香港最好的大學錄取了唸碩士，他很高興。

③ Ju² sung³ kéi⁴ sed⁶ hou² gan² dan¹ 　 zêu³ zung⁶ yiu³ hei⁶
煮 餸 其 實 好 簡 單 ， 最 重 要 係
yiu³ xig¹ pui³ dab³ coi⁴ liu²
要 識 配 搭 材 料 。
做菜其實很簡單，最重要是懂得搭配食材。

④ Ngo⁵ go³ zei² zêu³ zung¹ yi³ hei⁶ ug¹ kéi² leo⁴ ha⁶ gé³
我 個 仔 最 鍾 意 喺 屋 企 樓 下 嘅
gung¹ yun⁴ da² qin¹ ceo¹
公 園 打 韆 鞦 。
我的兒子最喜歡在家樓下的遊樂場打鞦韆。

⑤ Sêu³ ji² géi¹ wai⁶ zo²　　gao² dou³ sé² ji⁶ leo⁴ séng⁴ déi⁶ ji² sêu³
碎　紙　機　壞　咗　，搞　到　寫　字　樓　成　地　<u>紙　碎</u>　。

碎紙機壞了，弄得辦公室的地上全是碎紙。

⑥ Gem¹ man⁵ yiu³ gon² hou² ni¹ fen⁶ bou³ gou³
今　晚　要　趕　好　呢　份　報　告　，
yen¹ wei⁶ lou⁵ ban² béi⁴ ngo⁵ gé³ han⁶ kéi⁴ hei⁶ ting¹ yed⁶
因　為　老　闆　畀　我　嘅　<u>限　期</u>　係　聽　日　。

今天晚上要把這份報告寫好，因為老闆給我的<u>期限</u>是明天。

⑦ Nin⁴ qing¹ yen⁴ zou⁶ do¹ di¹　　m⁴ sei² gei³ gao³ gem³ do¹
年　青　人　做　多　啲　，唔　使　計　較　咁　多　，
dong³ lêu⁶ jig¹ do¹ di¹ ging¹ yim⁶ lo¹
當　<u>累　積</u>　多　啲　經　驗　囉　。

年輕人多做點工作，不用計較那麼多，就當成是<u>積累</u>更多經驗。

⑧ Go² gin⁶ xi⁶ dou¹ m⁴ guan¹ ngo⁵ xi⁶
果　件　事　都　唔　關　我　事　，
m⁴ ji¹ dim² gai² go³ go³ dou¹ guai³ zag³ ngo⁵
唔　知　點　解　個　個　都　<u>怪　責</u>　我　。

那件事根本與我無關，不知為什麼所有人都<u>責怪</u>我。

為開幕典禮做司儀

課文   🎧 0411.MP3

Eric：

Dai⁶ ga¹ hou²   féi¹ sêng⁴ fun¹ ying⁴
大 家 好 ， 非 常 歡 迎
大家好，非常歡迎

néi⁵ déi⁶ lei⁴ dou³ Xi⁴ Doi⁶Guong²Cêng⁴
你 哋 嚟 到 時 代 廣 場 ，
你們來到時代廣場，

cam¹ ga¹ yeo⁴ wei⁶ seng¹ qu³   gem³ dug⁶ qu³ ju² ban⁶
參 加 由 衛 生 署 、 禁 毒 處 主 辦 ，
參加由衛生署、禁毒處主辦，

Xi⁴ Doi⁶Guong²Cêng⁴qun⁴lig⁶ ji¹ qi⁴ gé
時 代 廣 場 全 力 支 持 嘅
時代廣場全力支持的

gin⁶ hong¹seng¹wud⁶gem³ dug⁶ wen⁶dung⁶   hoi¹ mog⁶ din² lei⁵
「 健 康 生 活 禁 毒 運 動 」 開 幕 典 禮 ！
「健康生活禁毒運動」開幕典禮！

Ngo⁵ hei⁶   Léi⁵ Wei⁵ Lab⁶
我 係 Eric 李 偉 立 。
我是Eric李偉立。

Amy：

Ngo⁵ hei⁶   Ho⁴ Ngei⁶ Méi⁵
我 係 Amy 何 藝 美 ，
我是Amy何藝美，

do¹ zé⁶ néi⁵ déi⁶ tung⁴ ngo⁵ déi⁶ yed¹ cei⁴
多　謝　你　哋　同　我　哋　一　齊
多謝你們和我們一起

xun¹ qun⁴ gem³ dug⁶ gé³ sên³ xig¹
宣　傳　禁　毒　嘅　訊　息　。
宣傳禁毒訊息。

Eric ： Amy 呀
a⁴
，　今　次　嘅　活　動　主　題
gem¹ qi³ gé³ wud⁶dung⁶ ju² tei⁴
Amy，這次的活動主題

「 健　康　生　活 」 對　宣　傳　禁　毒
gin⁶ hong¹seng¹wud⁶ dêu³ xun¹ qun⁴ gem³ dug⁶
「健康生活」對宣傳禁毒

yeo⁵ géi² zung⁶ yiu³ né¹
有　幾　重　要　呢　？
有多重要呢？

Amy ：
Gem¹ qi³ gé³ wud⁶dung⁶zeo⁶ hei⁶ héi¹ mong⁶
今　次　嘅　活　動　就　係　希　望
這次的活動就是希望

teo³ guo³ têu¹guong²gin⁶ hong¹seng¹wud⁶mou⁴ xig¹
透　過　推　廣　健　康　生　活　模　式　，
透過推廣健康生活模式，

fad³ fei¹ jing³ neng⁴lêng⁶
發　揮　正　能　量　，
發揮正能量，

zeng¹kêng⁴dêu³ kong³ dug⁶ ben² gé³ neng⁴ lig⁶
增　強　對　抗　毒　品　嘅　能　力　。
增強對抗毒品的能力。

Hei² ngoi⁶guog³hou² do¹ déi⁶ fong¹ dou¹ jing⁴ sed⁶
喺　外　國　好　多　地　方　都　證　實
在外國很多地方都證實

ni¹ go³ zou⁶ gei³ hou² yeo⁵ hao⁶
呢 個 做 法 好 有 效 。
這做法非常有效。

Eric ： Mou⁵ co³　　Yeo⁴ gem¹ yed⁶ ni¹ go³ hoi¹ mog⁶ lei⁵ hoi¹ qi²
冇 錯 ！ 由 今 日 呢 個 開 幕 禮 開 始 ，
沒錯！從今天的開幕典禮開始，

wei⁶ seng¹ qu³ tung⁴ gem¹ dug⁶ qu³ zeo⁶ wui⁵ teo³ guo³
衛 生 署 同 禁 毒 處 就 會 透 過
衛生署和禁毒處就會透過

m⁴ tung⁴ gé³ xun¹ qun⁴ kêu⁴ dou⁶
唔 同 嘅 宣 傳 渠 道 ，
不同的宣傳渠道，

ga¹ sem¹ sé⁵ wui² dai⁶ zung³
加 深 社 會 大 眾
加深社會大眾

dêu³ yeo⁵ guan¹ dug⁶ ben² men⁶ tei⁴ gé³ ying⁶ ji¹
對 有 關 毒 品 問 題 嘅 認 知 。
對有關毒品問題的認知。

Amy： Yi⁴ ngo⁵ déi⁶ gem¹ yed⁶ yeo⁵ wei⁶ seng¹ qu³
而 我 哋 今 日 有 衛 生 署
我們今天有衛生署

tung⁴ gem³ dug⁶ qu³ gé³ doi⁶ biu²
同 禁 毒 處 嘅 代 表 、
和禁毒處的代表、

sé⁵ gung¹ tung⁴ gao³ wui² yen⁴ xi⁶ lei⁴ dou³ yin⁶ cêng⁴
社 工 同 教 會 人 士 嚟 到 現 場 ，
社工和教會人士來到現場，

gong² hou² do¹ yeo⁵ guan¹ dug⁶ ben² wo⁶ hoi⁶ tung⁴
講 好 多 有 關 毒 品 禍 害 同
告訴大家很多有關毒品的禍害和

ni¹ go³ wen⁶ dung⁶ gé³ cêng⁴ qing⁴ béi² dai⁶ ga¹ téng¹
呢 個 運 動 嘅 詳 情 畀 大 家 聽 ！
這個運動的詳情。

Eric：

Xi⁶ bed¹ yi⁴ qi⁴ ，　seo² xin¹ ngo⁵ déi⁶ yi⁴ ga¹
事　不　宜　遲　，　首　先　我　哋　而　家
事不宜遲，現在我們先

céng²gem¹ yed⁶ séi³ wei² ga¹ ben¹ zeo⁶ zo⁶
請　今　日　四　位　嘉　賓　就　坐　，
請今天的四位嘉賓就坐，

kêu⁵ déi⁶ fen¹ bid⁶ hei⁶
佢　哋　分　別　係　：
他們分別是：

wei⁶seng¹ qu³ fu³ qu³ zêng²Zêng¹ Ji³ Zung¹ yi¹ seng¹
衛　生　署　副　署　長　張　智　忠　醫　生　、
衛生署副署長張智忠醫生、

seo² jig⁶ zo⁶ léi⁵ bou² on¹ gug⁶ gug⁶ zêng²
首　席　助　理　保　安　局　局　長
首席助理保安局局長

Wong⁴Fu³ Zen¹ nêu⁵ xi⁶
黃　富　真　女　士　、
黃富真女士、

gem³ dug⁶ sêng⁴mou⁶ wei² yun⁴ wui² ju² jig⁶
禁　毒　常　務　委　員　會　主　席
禁毒常務委員會主席

Lem⁴Yen¹ bog³ xi⁶ tung⁴ Xi⁴ Doi⁶Guong²Cêng⁴
林　欣　博　士　同　時　代　廣　場
林欣博士和時代廣場

doi⁶ biu² Cen⁴Fong¹ Héi¹ xin¹ sang¹
代　表　陳　方　希　先　生　，
代表陳方希先生，

yeo⁵ qing² séi³ wei²
有　請　四　位　！
有請四位！

Amy：

Seo² xin¹ ngo⁵ déi⁶ céng² wei⁶ seng¹ qu³ fu³ qu³ zêng²
首　先　我　哋　請　衛　生　署　副　署　長
首先我們請衛生署副署長，

Zêng¹ Ji³ Zung¹ yi seng¹ wei⁶ ngo⁵ déi⁶ ji³ qi⁴
張 智 忠 醫 生 為 我 哋 致 辭 ！
張智忠醫生為我們致辭！

Zêng¹ Ji³ Zung¹ yi¹ seng¹ ji³ qi⁴
（ 張 智 忠 醫 生 致 辭 ）

Do¹ zé⁶ Zêng¹ Ji³ Zung¹ yi¹ seng¹
多 謝 張 智 忠 醫 生 ！
謝謝張智忠醫生！

jib³ ju⁶ log⁶ lei⁴ ngo⁵ déi⁶ céng²
接 住 落 嚟 我 哋 請
接下來我們請

seo² jig⁶ zo⁶ léi⁵ bou² on¹ gug⁶ gug⁶ zêng²
首 席 助 理 保 安 局 局 長
首席助理保安局局長

Wong⁴Fu³ Zen¹ nêu⁵ xi⁶ wei⁶ ngo⁵ déi⁶ ji³ qi⁴
黃 富 真 女 士 為 我 哋 致 辭 ！
黃富真女士為我們致辭！

Wong⁴ Fu³ Zen¹ nêu⁵ xi⁶ ji³ qi⁴
（ 黃 富 真 女 士 致 辭 ）

Do¹ zé⁶ Wong⁴Fu³ Zen¹ nêu⁵ xi⁶
多 謝 黃 富 真 女 士 ！
謝謝黃富真女士！

céng²Wong⁴nêu⁵ xi⁶ leo⁴ bou⁶
請 黃 女 士 留 步 。
請黃女士留步。

Eric ： Ngo⁵ déi⁶ zoi³ céng²Zêng¹ Ji³ Zung¹ yi¹ seng¹
我 哋 再 請 張 智 忠 醫 生 、
我們再請張智忠醫生、

Lem⁴ Yen¹ bog³ xi⁶ tung⁴ Cen⁴Fong¹ Héi¹ xin¹ sang¹
林 欣 博 士 同 陳 方 希 先 生
林欣博士和陳方希先生

46

yed¹ cei⁴ dou³ toi⁴ qin⁴　　ju² qi⁴ yed¹ go³ féi¹ sêng⁴
一　齊　到　台　前　，　主　持　一　個　非　常

一起到台前，主持一個非常

yeo⁵ yi³ xi¹ gé³ yi⁴ xig¹
有　意　思　嘅　儀　式　。

有意思的儀式。

Dai⁶ ga¹ gin³ dou² ni¹ dou⁶ yeo⁵ yed¹ go³
大　家　見　到　呢　度　有　一　個

大家見到這裡有一個

hung⁴ xig¹ gé³　　dug⁶　ji⁶ zêng⁶ jing¹ dug⁶ hoi⁶
紅　色　嘅　「　毒　」　字　象　徵　毒　害　；

紅色的「毒」字象徵毒害；

ling⁶ ngoi⁶ ni¹ dou⁶ yeo⁵ séi³ bui¹ lug⁶ xig¹ gé³ yig⁶ tei²
另　外　呢　度　有　四　杯　綠　色　嘅　液　體　，

另外這裡有四杯綠色的液體，

doi⁶ biu² ji⁶ liu⁴ dug⁶ yen⁵ gé³ yêg⁶ med⁶　Sao² heo⁶
代　表　治　療　毒　癮　嘅　藥　物　。　稍　後　，

代表治療毒癮的藥物。等一下，

ngo⁵ déi⁶ zab⁶ heb⁶ séi³ wei² ga¹ ben¹ gé³ lig⁶ lêng⁶
我　哋　集　合　四　位　嘉　賓　嘅　力　量　，

我們集合四位嘉賓的力量，

dou² di¹ lug⁶ xig¹ yig⁶ tei² yeb⁶ go³　　dug⁶　ji⁶ dou⁶
倒　啲　綠　色　液　體　入　個　「　毒　」　字　度　，

把綠色的液體倒進「毒」字裡，

zêng¹ go³ hung⁴ xig¹ gé³　　dug⁶　ji⁶ bin³ xing⁴ lug⁶ xig¹
將　個　紅　色　嘅　「　毒　」　字　變　成　綠　色　，

讓紅色的「毒」字變成綠色，

doi⁶ biu² yêg⁶ med⁶ yi² lai⁶ zé² jib³ seo⁶ gai³ dug⁶ ji⁶ liu⁴
代　表　藥　物　倚　賴　者　接　受　戒　毒　治　療　，

代表藥物倚賴者接受戒毒治療，

héi¹ mong⁶ kêu⁵ déi⁶ guo³ fan¹ gin⁶ hong¹ seng¹ wud⁶
希　望　佢　哋　過　番　健　康　生　活　，

希望他們重過健康的生活，

ying⁶ qing¹ dug⁶ ben² gé³ wo⁶ hoi⁶
認 清 毒 品 嘅 禍 害 !
認識清楚毒品的禍害！

zên³ heng⁴ yi⁴ xig¹
（ 進 行 儀 式 ）

Gin⁶ hong¹ seng¹ wud⁶ gem³ dug⁶ wen⁶ dung⁶
「 健 康 生 活 禁 毒 運 動 」
「健康生活禁毒運動」

hoi¹ mog⁶ din² lei⁵ gé³ xun¹ qun⁴ wud⁶ dung⁶
開 幕 典 禮 嘅 宣 傳 活 動
開幕典禮的宣傳活動

jing³ xig¹ qun⁴ min⁶ jin² hoi¹
正 式 全 面 展 開 !
正式全面展開！

取材要點

· 司儀工作是要令典禮程序流暢，確保內容準確，及應付突發情況。

· 司儀要先了解該典禮的主辦單位、贊助機構或贊助人的背景資料(如
  適用)。

· 司儀也要清楚典禮目的、內容與及流程。

· 司儀也要了解主禮嘉賓(如適用)的背景、名字讀音、正確稱謂、職
  位等重要資料。

用語選擇

· 演說開端要正確稱呼所有在場人士及重要人物。

gog³ wei² loi⁴ ben¹   ju² jig⁶   bog³ xi⁶
例子 : 各 位 來 賓 、XXX主 席 、XXX博 士 、

gug⁶ zêng²   fu³ qu⁵ zêng²
XXX局 長 、XXX副 署 長

· 司儀演説是「一對多」的正式場合演説。應儘可能用較正式及統一的
語體，不要中英夾雜。

🎧 0412.MP3

· 如所用詞語有單音節或雙音節選擇，應儘量多用雙音節詞語。

雙音節	單音節
yiu¹ qing² 邀 請	céng² 請
gêu² ban⁶ 舉 辦	ban⁶ 辦
héi¹ mong⁶ 希 望	mong⁶ 望
bong¹ zo⁶ 幫 助	bong¹ 幫
qin¹ zeo⁶ 遷 就	zeo⁶ 就
yu⁶ déng⁶ 預 訂	déng⁶ 訂
gu² gei³ 估 計	gu² 估
seo² xin¹ 首 先	xin¹ 先
zêng¹ wui⁵ 將 會	wui⁵ 會
lêng⁴ hou² 良 好	hou² 好
ying⁶ xig¹ 認 識	ying⁶ 　 xig¹ 認 、 識
sêng¹ sên³ 　 sên³ yem⁶ 相 信 、 信 任	sên³ 信

第四課

為開幕典禮做司儀

49

1. 發音準確

· 司儀演說最忌把典禮名稱、機構名稱和人名稱謂讀錯。在正式演說前應多次練習;如有不確定讀音或名稱,務必調查清楚,不妨向當事人確認。

2. 語速

· 應該比正常説話語速慢。希望在場每個人能聽到。在重要項目或重點前,可稍為停頓一下。
  例子:「等我哋介紹一下我哋嘅主禮嘉賓——XXX 主席」、「有請 XXX 主席」。

3. 面部表情

· 一般開幕典禮都是開心歡樂的場合。宜多展露笑容,表情堅定自信。說話時要掃視在場每一個人。如場地太大,至少要與前排觀眾和重要人物有眼神接觸。
· 視線抬高一點,看得遠,就沒那麼緊張。

4. 身體語言與互動

· 司儀應時刻保持淡定、端莊的態度。
· 走路、站着、坐着都腰背挺直,抬頭挺胸,要自然輕鬆。
· 避免弓背、頭部伸前及雙腳擺出奇怪的姿勢。
· 不要左顧右盼,擺動身體。要站穩,可以雙腿分開多一點。
· 站着不動時,雙手垂直放身邊。
· 不要在身前捉着手,猶如足球罰射十二碼時,排開在龍門前的球員,這樣看來像不知所措、缺乏自信,或在企圖自我控制。
· 不要在身後交疊着手,像大官出巡,顯得自大。這姿勢還容易導致身體擺動像在吟詩、朗誦。
· 不要叉腰。
· 不要將手放入口袋。
· 避免説話時看着提示卡。
· 拿提示卡時,不可擋住面孔;不應放側邊,令自己斜視;也不應放太低,令自己似看着地面。

・雙手拿提示卡比單手拿更穩定，不易被看出手震。

・不要大動作翻動提示卡，這給人印象司儀準備不足，沒有條理。

練習

1. 試想如何應付突發情況：

① 其中一位嘉賓倒瀉綠色液體，使紅色「毒」字不能全變綠。

② 致辭嘉賓的麥克風有問題。

③ 司儀上台時不小心跌倒。

2. 為廣東話中的多音字選擇正確發音：

① 請 qing²/céng²

a	yeo⁵ ____ 有 請	b	yiu¹ ____ 邀 請	c	____men⁶ 請 問
d	____ tib² 請 帖	e	sen¹ ____ 申 請	f	____ ju³ yi³ 請 注 意

② 生 seng¹/sang¹

a	xin¹ ____ 先 生	b	yi¹ ____ 醫 生	c	hog⁶ ____ 學 生
d	____guo² 生 果	e	____zêng² 生 長	f	gei³ ____cung⁴ 寄 生 蟲

③ 成 xing⁴/séng⁴

a	____gung¹ 成 功	b	ng⁵ ____ 五 成	c	bin³ ____ 變 成
d	____ wei⁴ 成 為	e	gao² deg¹ ____ 搞 得 成	f	____ qin¹ sêng⁵man⁶ 成 千 上 萬

④ 會 wui²/wui⁵/wui⁶

a	____ yi⁵ 會 議	b	zêng¹ ____ 將 會	c	____ jig⁶ 會 籍
d	gao³ ____ 教 會	e	zêu⁶ ____ 聚 會	f	gan² gai³ ____ 簡 介 會

3. 一個詞語，廣東話、普通話口語中就各取其中字：

例子：幾多

yeo⁵ géi² zung⁶ yiu³ né¹
有　幾　重　要　呢　？

有多重要呢？

請把括號中的詞語，選一字填在空格內，成為廣東話口語：

1. 我講到咁白係 ＿＿＿＿ 佢唔明。（驚怕）

2. 無論點佢係你嘅上司，你 ＿＿＿＿ 唔願意都要 ＿＿＿＿ 佢嘅指示做。（幾多、按照）

3. 唔該你哋 ＿＿＿＿ 清楚呢個計劃嘅成本。（計算）

4. 去西貢行山，由你 ＿＿＿＿ 隊。（帶領）

5. 香港天氣太 ＿＿＿＿，洗咗啲衫幾日都唔乾。（潮濕）

答案

1. 作為司儀應付突發情況，最重要是處變不驚，保持鎮定。第一，要確保在場所有人的安全。第二，使儀式能儘快順利繼續。

① 其中一位嘉賓倒瀉綠色液體，使紅色「毒」字不能全變綠。

- 嘉賓倒瀉綠色液體，首先要確定在場所有人是否安全；液體有沒有沾到嘉賓身上，使他尷尬？液體流到地上，怕不怕有人滑倒，構成危險？如有必要暫停儀式去清理液體，避免冷場，司儀可以重複當日活動的主題，介紹主辦機構的資料，不要呆站在一旁等待。

- 如果做法達不到預期效果，就不能照原稿讀下去，要發揮急才打圓場，使主題訊息傳達出去。例如代表治療毒癮的藥物的綠色液體沒有發揮作用，可以説：「你睇！要戒毒唔係咁容易，所以千祈一次都唔好試！」

- 類似尷尬情況還有：講笑話但沒有人笑；請觀眾拍掌，可惜掌聲零星。不妨自嘲口才不佳：「我講咗個唔好笑嘅笑話呀？」

② 致辭嘉賓的麥克風有問題，可立即把司儀的麥克風與嘉賓交換，使一切繼續順利進行。接着立即通知工程人員處理技術問題。

③ 司儀上台時不小心跌倒。首先要確定有沒有受傷，如果受傷，有多嚴重？還可以站起來繼續司儀工作嗎？站起來後，記得向觀眾致歉自己不小心。

2. 🎧 0413.MP3

① 請 qing²/céng²

a	yeo⁵qing²/céng² 有 請	b	yiu¹ qing² 邀 請	c	céng²men⁶ 請 問
d	céng² tib² 請 帖	e	sen¹ qing² 申 請	f	céng² ju³ yi³ 請 注 意

② 生 seng¹/sang¹

a	xin¹ sang¹ 先 生	b	yi¹ seng¹ 醫 生	c	hog⁶sang¹ 學 生
d	sang¹guo² 生 果	e	seng¹zêng² 生 長	f	gei³ seng¹cung⁴ 寄 生 蟲

③ 成 xing⁴/séng⁴

a	xing⁴ gung¹ 成 功	**b**	ng⁵ xing⁴ 五 成	**c**	bin³ xing⁴/séng⁴ 變 成
d	xing⁴ wei⁴ 成 為	**e**	gao² deg¹ séng⁴ 搞 得 成	**f**	séng⁴ qin¹ sêng⁵ man⁶ 成 千 上 萬

④ 會 wui²/wui⁵/wui⁶

a	wui⁶ yi⁵ 會 議	**b**	zêng¹ wui⁵ 將 會	**c**	wui² jig⁶ 會 籍
d	gao³ wui² 教 會	**e**	zêu⁶ wui⁶ 聚 會	**f**	gan² gai³ wui² 簡 介 會

3. 🎧 0414.MP3

Ngo⁵ gong² dou³ gem³ bag⁶ hei⁶ géng¹ kêu⁵ m⁴ ming⁴
1. 我 講 到 咁 白 係 驚 佢 唔 明 。

我講得那麼清楚明白，就是怕他不明白。

Ni¹ tiu⁴ sei¹ fu³ yiu³ goi² dün²　 néi¹ ho² m⁴ ho² yi⁵
2. 呢 條 西 褲 要 改 短 ， 你 可 唔 可 以

bong¹ ngo⁵ dog⁶ yed¹ dog⁶ goi² géi² do¹ a³
幫 我 度 一 度 改 幾 多 呀 ？

這條褲子要改短，你可不可以替我量一量改多少呀？

M⁴ goi¹ néi⁵ déi⁶ gei³ qing¹ co² ni¹ go³ gei³ wag⁶ gé³
3. 唔 該 你 哋 計 清 楚 呢 個 計 劃 嘅

xing⁴ bun²　　 m⁴ ho² yi⁵ xid⁶ bun²
成 本 ， 唔 可 以 蝕 本 。

請你們算清楚這個計劃的成本，不可以虧本。

Hêu³ Sei¹ Gung¹ hang⁴ san¹　 yeo⁴ néi⁵ dai³ dêu²
4. 去 西 貢 行 山 ， 由 你 帶 隊 。

去西貢爬山，由你領隊。

Hêng¹ Gong² tin¹ héi³ tai³ seb¹　 sei² zo² di¹ sam¹ géi² yed⁶ dou¹
5. 香 港 天 氣 太 濕 ， 洗 咗 啲 衫 幾 日 都
m⁴ gon¹
唔 乾 。

香港天氣太潮，洗過的衣服，晾幾天也不乾。

求職面試之與面試官對話

面試官：
Dim² gai² néi⁵ dêu³ ni¹ go³ jig¹ wei⁶ yeo⁵ hing³ cêu³
點 解 你 對 呢 個 職 位 有 興 趣 ？
為什麼你對這個職位感興趣？

應徵者：
Guei³gung¹ xi¹ gé³guong²gou³ zou⁶ deg¹ hou² cêd¹ xig¹
貴 公 司 嘅 廣 告 做 得 好 出 色 ，
貴公司的廣告做得非常出色，

ging¹sêng⁴xing⁴ wei⁴ qun⁴Hêng¹Gong²wa⁶ tei⁴
經 常 成 為 全 香 港 話 題 ，
經常成為全香港話題，

ngo⁵ hou² sêng²cam¹ yu⁵ néi⁵ déi⁶ gé³
我 好 想 參 與 你 哋 嘅
我很想參與你們的

cong³zog³ guo³ qing⁴
創 作 過 程 。
創作過程。

Ngo⁵ téng¹ guo³ guei³gung¹ xi¹ gé³
我 聽 過 貴 公 司 嘅 recruitment talk ，
我參加過貴公司的宣講會，

gog³ deg¹ néi⁵ déi⁶ zung⁶ xi⁶ yun⁴gung¹
覺 得 你 哋 重 視 員 工 ，
覺得你們重視員工，

neng⁴geo³ hei² guei³gung¹ xi¹ gung¹zog³
能 夠 喺 貴 公 司 工 作 ，
能夠在貴公司工作，

ngo⁵ ho² yi⁵ fad³ fei¹ qim⁴ neng⁴
我 可 以 發 揮 潛 能 ，
我可以發揮潛能，

tung⁴gung¹ xi¹ yed¹ cei¹ xing⁴zêng²
同 公 司 一 齊 成 長 。
與公司一起成長。

面試官：
Néi⁵ ying⁶ wei⁴ néi⁵ yeo⁵ di¹ mé¹ yeo¹ dim²
你 認 為 你 有 啲 咩 優 點 ？
你認為你有什麼優點？

應徵者：
Ngo⁵ zou⁶ yé⁵ ji⁶ dung⁶ ji⁶ gog³ géi³ xing³ hou²
我 做 嘢 自 動 自 覺 、 記 性 好 、
我做事自動自覺、記性好、

yeo⁵ noi⁶ xing³ geo³ sei³ sem¹
有 耐 性 、 夠 細 心 ，
有耐性、夠細心，

jig⁶ deg¹ yen⁴ sên³ yem⁶
值 得 人 信 任 ，
值得別人信任，

zêng¹ zag³ yem⁶ gao¹ béi² ngo⁵
將 責 任 交 畀 我 。
可以把責任交給我。

面試官：
Néi⁵ ceng⁴ging¹ hei² bin¹ gan¹ gung¹ xi¹
你 曾 經 喺 邊 間 公 司
你曾經在哪家公司

sed⁶ zab⁶ guo³ zou⁶ guo³ gim¹ jig¹
實 習 過 、 做 過 兼 職 ？
實習過或做過兼職？

應徵者：

Ngo⁵ ju² seo¹ Ying¹Guog³men⁴hog⁶
我 主 修 英 國 文 學 ，
我主修英國文學，

dai⁶ sam¹ go² nin⁴ xu² ga³
大 三 果 年 暑 假
大學三年級的暑假

hei³ cêd¹ ban² sé⁵ pin¹ ceb¹ bou⁶ zou⁶ guo³ yé⁵
喺 出 版 社 編 輯 部 做 過 嘢 ，
在出版社編輯部工作過，

fu⁶ zag³ zung¹hog⁶ gao³ fo¹ xu¹
負 責 中 學 教 科 書 。
負責中學教科書。

Ngo⁵ gé³ gung¹zog³ yiu³ tung⁴ zog³ zé² keo¹ tung¹
我 嘅 工 作 要 同 作 者 溝 通 ，
我的工作要跟作者溝通，

yu⁴ guo² kêu⁵ déi⁶ sé² gé³ noi⁶ yung⁴
如 果 佢 哋 寫 嘅 內 容
如果他們寫的內容

tung⁴ cêd¹ ban² sé⁵ gé³ pin¹ ceb¹ léi⁵ nim⁶ yeo⁵ cêd¹ yeb⁶
同 出 版 社 嘅 編 輯 理 念 有 出 入 ，
跟出版社的編輯理念有出入，

zeo⁶ yiu³ hib⁶ tiu⁴
就 要 協 調 。
就要協調。

Ngo⁵ zung⁶ hog⁶ xig¹ zo² yed¹ bun² xu¹
我 仲 學 識 咗 一 本 書
我還學會了一本書

dim² yêng² hei² xi⁵ cêng⁴ding⁶ wei²
點 樣 喺 市 場 定 位 ，
怎樣在市場定位，

zem¹ dêu³ dug⁶ zé² gé³ sêu¹ keo⁴
針 對 讀 者 嘅 需 求 。
針對讀者的需求。

面試官：
Néi⁵ zab⁶ guan³ tung⁴ yen⁴ heb⁶ zog³
你 習 慣 同 人 合 作 ？
你習慣跟別人合作？

Ding⁶ hei⁶ néi⁵ zung¹ yi³ yed¹ go³ yen⁴ zou⁶ yé⁵
定 係 你 鍾 意 一 個 人 做 嘢 ？
還是你喜歡一個人做事？

應徵者：
Ngo⁵ zou⁶ yé⁵ dan⁶ xing³ hou² dai⁶
我 做 嘢 彈 性 好 大 。
我做事彈性好大。

Yed¹ go³ yen⁴ zou⁶ yé⁵ zeo⁶ jun¹ sem¹ di¹
一 個 人 做 嘢 就 專 心 啲 。
一個人做事就可以專注一點。

Tung⁴ kéi⁴ ta¹ yen⁴ heb⁶ zog³ zeo⁶ ho² yi⁵
同 其 他 人 合 作 就 可 以
跟其他人合作就可以

cêu² cêng⁴ bou² dün²   bed¹ dün⁶ goi² zên³
取 長 補 短 ， 不 斷 改 進 。
取長補短，不斷改進。

面試官：
Néi⁵ yiu³ zou⁶ gé³ gung¹ zog³ wui⁵ hou² so² sêu³
你 要 做 嘅 工 作 會 好 瑣 碎 ，
你要做的工作會很瑣碎，

fong³ ga³ ho² neng⁴ sêng¹ xi¹ dou¹ wui⁵ wen² néi⁵
放 假 可 能 上 司 都 會 搵 你 ，
放假可能上司也會找上你，

néi⁵ gai³ m⁴ gai³ yi³
你 介 唔 介 意 ？
你介意嗎？

應徵者：
Hag¹ ban²   sei³ méi⁴ gé³ xi⁶ dêu³ gung¹ xi¹ wen⁶ zog³
刻 板 、 細 微 嘅 事 對 公 司 運 作
刻板、細微的事對公司運作

tung⁴ yêng⁶ zung⁶ yiu³

同　樣　重　要　，

同樣重要，

ngo⁵ ying¹ goi¹ zou⁶ hou² mui⁵ go³ gung¹ zog³

我　應　該　做　好　每　個　工　作　。

我應該做好每個工作。

Yu⁴ guo² yeo⁵ gen² geb¹ gé³ xi⁶

如　果　有　緊　急　嘅　事　，

如果有緊急的事情，

sêng⁶ xi¹ hei² gung¹ zog³ xi⁴ gan³ yi⁵ ngoi⁶ wen² ngo⁵

上　司　喺　工　作　時　間　以　外　搵　我　，

上司在工作時間以外找我，

deng² ngo⁵ keb⁶ zou² zên² béi⁶ qu³ léi⁵　　ngo⁵ m⁴ gai³ yi³

等　我　及　早　準　備　處　理　，　我　唔　介　意　。

讓我儘早準備處理，我不介意。

Néi⁵ gai³ m⁴ gai³ yi³ hêu³ log⁶ heo⁶ déi⁶ kêu¹ cêd¹ cai¹

面試官：　你　介　唔　介　意　去　落　後　地　區　出　差　？

你介意去落後地區出差嗎？

Hêu³ ngoi⁶ déi⁶ cêd¹ cai¹ hei⁶ féi¹ sêng⁴ hou²

應徵者：　去　外　地　出　差　係　非　常　好

去外地出差是非常好

mo⁴ lin⁶ ji⁶ géi² gé³ géi¹ wui⁶

磨　練　自　己　嘅　機　會　，

磨練自己的機會，

men⁶ tei⁴ hei⁶ dam¹ sem¹ sen¹ tei² xig¹ m⁴ xig¹ ying³

問　題　係　擔　心　身　體　適　唔　適　應

問題是擔心身體能不能適應

dong¹ déi⁶ sêu² tou²　　zung⁶ yeo⁵ ji⁶ on¹ men⁶ tei⁴

當　地　水　土　，　仲　有　治　安　問　題　，

當地水土，還有治安問題，

bed¹ guo³ ngo⁵ sêng¹ sên³ gung¹ xi¹
不　過　我　相　信　公　司
不過我相信公司

wui⁵ on¹ pai⁴ to⁵ dong³ gé³
會　安　排　妥　當　嘅　。
會妥善安排。

面試官：
Yu⁴ guo² néi⁵ gé³ sêng⁶ xi¹ dêu³ néi⁵ tiu¹ tig¹
如　果　你　嘅　上　司　對　你　挑　剔　，
如果上司對你挑剔，

néi⁵ wui⁵ dim² yêng² qu³ léi⁵
你　會　點　樣　處　理　？
你會怎樣處理？

應徵者：
Sêng¹ sên³ sêng⁶ xi¹ ying¹ goi¹ m⁴ hei⁶ zem¹ dêu³ ngo⁵
相　信　上　司　應　該　唔　係　針　對　我　。
相信上司應該唔是針對我。

Sêng⁶ xi¹ dêu³ sen¹ yen⁴ yeo⁵ yiu¹ keo⁴
上　司　對　新　人　有　要　求　，
上司對新人有要求，

sen¹ yen⁴ xin¹ ji³ wei⁶ gung¹ xi¹ zou⁶ dou² yé⁵
新　人　先　至　為　公　司　做　到　嘢　，
新人才能為公司做事，

so² yi⁵ ngo⁵ yiu³ lang⁵ jing⁶ wen¹ cêd¹ yun⁴ yen¹
所　以　我　要　冷　靜　搵　出　原　因　，
所以我要冷靜找出原因，

gim² tou²　　goi² zên³ ji⁶ géi² gé³ gung¹ zog³ tai³ dou⁶
檢　討　、　改　進　自　己　嘅　工　作　態　度　。
檢討、改進自己的工作態度。

面試官：
Néi⁵ dim² gai² m⁴ hêng³ geng³ gou¹ ceng⁴ teo⁴ sou³
你　點　解　唔　向　更　高　層　投　訴　？
你為什麼不向更高層投訴？

Wag⁶ zé² yiu¹ keo⁴ wun⁶gung¹ zog³ gong¹ wei²
或 者 要 求 換 工 作 崗 位 ？
或者要求換工作崗位？

應徵者：
Mui⁵ go³ gung¹ zog³ dou¹ sêu¹ yiu³ xig¹ ying³
每 個 工 作 都 需 要 適 應 ，
每個工作都需要適應，

dou¹ yeo⁵ m⁴ tung⁴ gé³ tiu¹ jin³
都 有 唔 同 嘅 挑 戰 ，
都有不同的挑戰，

wun⁶ yem⁶ ho⁴ gung¹ zog³ gong¹ wei²
換 任 何 工 作 崗 位
換任何工作崗位

dou¹ mou⁵ ho² neng⁴ xi⁶ xi⁶ sên⁶ yi³
都 冇 可 能 事 事 順 意 。
都不可能事事順心。

Ngo⁵ xi⁶ sêng⁶ xi¹ gé³ gou¹ yiu¹ keo⁴ hei⁶ tiu¹ jin³
我 視 上 司 嘅 高 要 求 係 挑 戰 ，
我視上司的高要求是挑戰，

m⁴ wui⁵ cêu⁴ bin² teo⁴ sou³
唔 會 隨 便 投 訴 。
不會隨便投訴。

面試官：
Néi³ géi² xi⁴ ho² yi⁵ sêng⁵ gung¹
你 幾 時 可 以 上 工 ？
你什麼時候可以開始來上班？

應徵者：
Cêu⁴ xi⁴ dou¹ deg¹
隨 時 都 得 。
隨時都可以。

面試官：
Néi⁵ yeo⁵ mou⁵ men⁶ tei⁴ sêng² men⁶
你 有 冇 問 題 想 問 ？
你有想問的問題嗎？

應徵者：
Céng²men⁶ngo⁵ géi² xi⁴ wui⁵ ji¹ dou³ min⁶ xi³ gid³ guo²
請 問 我 幾 時 會 知 道 面 試 結 果 ？
請問我什麼時候會知道面試結果？

面試官：
Ngo⁵ déi⁶ gin³ yun⁴ so² yeo⁵ ying³ jing¹ zé²
我 哋 見 完 所 有 應 徵 者 ，
我們見過所有應徵者，

ha⁶ go³ xing¹ kéi⁴ sam¹ zeo⁶ ho² yi⁵ yeo⁵ gid³ guo²
下 個 星 期 三 就 可 以 有 結 果 。
下個星期三就可以有結果。

應徵者：
Yu⁴ guo² néi⁵ céng²ngo⁵
如 果 你 請 我 ，
如果你請了我，

ngo⁵sêng⁵gung¹ qin⁴ zou⁶ di¹ med¹ yé⁵
我 上 工 前 做 啲 乜 嘢
我來上班前可以做什麼

ho² yi⁵ hei² ni¹ go³ gung¹zog³sêng⁶ yeo⁵bong¹ zo⁶
可 以 喺 呢 個 工 作 上 有 幫 助 ？
對這個工作有幫助？

面試官：
Zam⁶ xi⁴ méi⁶ nem² dou²
暫 時 未 諗 到 。
暫時想不到。

Gem¹ yed⁶ do¹ zé⁶ sai³ néi⁵ lei⁴
今 日 多 謝 晒 你 嚟 。
謝謝你今天到來。

Néi⁵ ho² yi⁵ cêd¹ hêu⁴ la³
你 可 以 出 去 喇 。
你可以出去了。

應徵者：
M⁴ goi¹ sai³
唔 該 晒 。
謝謝。

廣東話詞彙運用

拼音及詞彙	意思	例子
sêng⁵gung¹ 上 工	第一天開始 上班	Go³ sen¹ jig¹ yun⁴ sêng⁵ zo² gung¹ 個 新 職 員 上 咗 工 m⁴ geo³ sam¹ yed⁶ zeo⁶ qi⁴ jig¹ la³ 唔 夠 三 日 就 辭 工 喇 。 那個新職員剛來上班不到三天就辭 職不幹了。

取材要點

· 面試的問題形形式式,其目的都是為評估應徵者的能力和經驗是否適合應徵職位,以及應徵者的性格、態度能否適應公司或將來所屬部門。

· 講出面試公司的優點,如市場地位、規模、管理文化、企業形象、掌握獨特技術等,讓面試官感到你對應徵職位有興趣。

· 為認識招聘機構,可以查閱其網站,有認識的人在該機構工作就去打聽,了解公司業務內容、關係企業、公司位置、員工人數、銷售的產品和服務項目、資本額、年度報告、財務狀況(營業額、營業利益、成長率、上市公司的股價),看他們的公司宣傳口號、服務承諾,了解公司理念、風氣,還有顧客層。公司重不重視企業形象?有沒有參與社會公共事務、慈善事業?如果有,你有沒有接觸過這些服務,或當過其中慈善機構的義工?還可以看看機構高級管理階層成員和他們的簡歷,有沒有和你同校的畢業生。有機會就參加公司的宣講會,與該機構代表面對面談話。

· 面試前了解招聘機構文化,面試時就有針對性對應策略。同一行業,產品或服務類似的機構也可以有不同公司文化,例如太古地產、長江實業和新鴻基地產的管理文化都不一樣。中資、港資、美資、日資的公司之間的管理文化差別非常大。

- 面試中不會問太多關於專業技能的問題，面試官有可能想知道你應用專業知識的能力，但絕少要求背誦定義和方程式，所以不用準備學術性資料。

- 回答問題時，應徵者的能力和優點與公司業務和目標有關聯性。舉幾個可應用在工作上的長處，例如做事自動自覺、有幹勁、可以承受壓力、有耐性、有良好分析力、值得人信任、人際關係良好、溝通能力佳等，說服面試官你確是他要找的人才。

- 剛畢業的人，會被問及學校生活、主修學科及課外活動等。

- 應徵者不必擔心主修學科與面試公司業務無關，因為大學教育不是為各工種培訓人才。常見例子：會計師事務所聘請法律系畢業生，或是市場推廣公司聘請翻譯系畢業生。不同知識領域的員工，可以為一個專業帶出新視野，發掘新商機。如果面試公司認為你的知識、能力不適合他們招聘的職位，根本不會花時間和你面試。不妨說說大學教育對你來說是什麼？你有什麼得着？宜強調個人適應能力強、年輕、勇於接受挑戰和喜歡多方面嘗試。

- 有些問題是為了觀察應徵者在什麼情況下會視之為挑戰，還有應徵者會怎樣處理問題。重點是應徵者處理問題的原則與溝通能力，應突出性格優點。

- 面對尖銳問題，倒退兩、三步，想想面試官的動機，想考驗你哪方面的能力。

- 回答負面問題時，應避重就輕，着重工作上的滿足感。

- 面試時不須表態你不想做什麼，避免說得太真心、太現實，因為你還未得到這工作。

- 面試不順，遇到不想多談的話題，話題卡住了，就換話題。或者有些話題你很想繼續，但面試官不感興趣，最好還是轉個方向。

- 絕不能數落以前公司或上司的不是，因為面試官會聯想，有一天你離開公司會否同樣數落他們。

- 不應該明示或暗示與面試公司的高層有特殊關係。

- 如果問到期望的月薪和待遇該如何回應？除了說出數目，最好簡單說明這個期望的月薪是怎樣計算出來，以示你對市場行情有多少認識。也可以客氣地問面試官和公司的期望是否一致，誠意討論，不要給人討價還價、很在意回報的印象。各種津貼、醫療福利、強積金供款和獎金都可以提出。

- 面試結束時，面試官通常會問你還有沒有問題，不要立即說：「冇。我係咪走得喇？」面試官會感到錯愕，或覺得應徵者對應徵職位不夠上心。

- 面試結束前應確認錄取通知方式和日期，以後還會不會再有面試。

- 如果另外要提交資料給應徵公司，請確認是什麼資料，以及在什麼時候和以何種形式提交。

- 索取面試官名片，以便寫感謝函。

用語選擇

- 不要用「我估」、「或者」等沒有自信的用語。
- 不需過分謙虛，例如說自己才疏學淺，無甚貢獻。
- 不要對面試官賣弄專業知識，套用行內術語，或扮專家發表偉論。

小貼士

①面部表情
- 保持微笑。
- 重視與面試官的眼神交流。
- 如果有多個面試官在場，說話時要掃視每個人，讓每個人都感到受重視，偶然將視線放回到提問的人身上。

②身體語言
- 聆聽時身體微向前傾，頭部傾側。

- 離去時記得與面試官握手道謝。不過如果面試官和你相隔很遠，對方想跟你保持距離，就可免握手，禮貌地點頭再轉身離開。

③ 語速
- 回答自己覺得有信心和非常熟悉的問題，謹記不要一時興奮，加快說話速度。萬一下一個問題不懂回答，語速放慢，就會造成很大落差，影響印象。

練習

1. 模擬應怎樣應付面試的尷尬問題： 🎧 0513.MP3

Néi⁵ wen²gung¹wen² zo² géi² noi⁶　　Min⁶ xi³ guo³ géi² do¹ qi³
① 你 搵 工 搵 咗 幾 耐 ？ 面 試 過 幾 多 次 ？

你找工作找了多久？面試過幾次？

Ngo⁵ déi⁶ ji² hei⁶ gan¹ sei³ gung¹ xi¹
② 我 哋 只 係 間 細 公 司 ，

我們只是一家小公司，

néi⁵ wui⁵ m⁴ wui⁵ gog³ deg¹ zou⁶ dai⁶ gung¹ xi¹ hou² di¹
你 會 唔 會 覺 得 做 大 公 司 好 啲 ？

你會不會覺得在大公司工作更好？

Néi⁵ zung⁶ yeo⁵ mou⁵ ying³ jing¹ kéi⁴ ta¹ gung¹ xi¹ a³
你 仲 有 冇 應 徵 其 他 公 司 呀 ？

你還有應徵其他公司嗎？

Néi⁵ dim² gai² wui⁵ séng⁴ yed⁶ jun³ gung¹
③ 你 點 解 會 成 日 轉 工 ，

你為什麼會常常換工作，

mou⁵ fen⁶ gung¹ zou⁶ do¹ guo³ yed¹ nin⁴ gé²
冇 份 工 做 多 過 一 年 嘅 ？

沒有一個工作做超過一年？

④ 你 唔 做 前 一 份 工 ，
Néi⁵ m⁴ zou⁶ qin⁴ yed¹ fen⁶ gung¹

你不做前一個工作，

係 畀 人 炒 定 係 你 自 己 辭 職 ？
hei⁶ béi² yen⁴ cao² ding⁶ hei⁶ néi⁵ ji⁶ géi² qi⁴ jig¹

是被開除還是你自己辭職？

2. 口譯

① 我以為公司會妥善安排。

② 我對音樂創作很感興趣。

③ 我對投資股票有點認識。

④ 我爸爸三十歲就做到首席執行官，我想以他為榜樣。

⑤ 相信我，請你把工作交給我。

⑥ 你喜歡據理力爭？還是你寧願保持沉默？

1. 模擬應怎樣應付面試的尷尬問題:

① 面試官是怕公司沒條件留住你,可能要付高薪,或者白白浪費資源為其他公司培育你。你應該強調,你可以對公司有多大貢獻、比其他人做得更好,讓面試官認為值得冒險聘請你,使公司得益。

同時應徵幾間公司是理所當然的事,不必隱瞞,也不必多說應徵的其他職位。可參考這種說法:「有見過其他公司,但係貴公司係我首選,我對呢個職位好有興趣,好想為你哋公司服務。」

② 當然不能承認自己是失敗者,沒有公司要。如你已找工作一段時間,就解釋說:「我揀工作比較慎重,唔想隨便搵一份只為賺錢生活嘅工作。」

③ 轉換工作頻率高不是問題。例如在技術導向性強的資訊業界,如果長期待在一家公司,會失去學習新技術的機會和動力。

每次換新工作,是為了積累經驗,所以要清楚講出每個職位、機構讓你得到什麼經驗。同時展現你的積極性,將焦點放在未來,例如你對自己的職業生涯有什麼規劃、現在應徵的公司和職位如何適合你。

不要回答留在舊公司再沒有新東西可以學,所以想換工作環境,因為這會讓面試官覺得你把公司當學校,費心力教會你做事,你就想離開,對公司沒有好處。也不要說是為找更高工資、更好福利的工作,太現實功利的回答只會留下壞印象,覺得你說話不經大腦、不成熟。

需注意的是,如果你只是在同等職級間換來換去,或職務行業間沒有關連性,會予人不認真和任性的感覺;若是逼不得已,就承認轉工是錯誤決定,或受朋友影響、未定性。

④ 如果你並非遭到前公司解僱,就必須說清楚。注意反應不要太激動,以為面試官冤枉你、猜疑你的能力。解釋辭職理由時,不要批評上司和前公司,因為這會讓面試官聯想有一天你到其他公司工作,也會說他們的壞話。

如果是被解僱，就説一個無關自己能力的理由。例如公司裁員、公司倒閉、公司遷移外地、公司被收購合拼、全面改組等。又或者家人調職，要跟隨家人轉移工作地點和居住城市。

如果離職原因是自己創業，但是現在想從新找工作，説法就有必要圓滑一點，説是幫忙家人的生意；因為面試官可能擔心你不會專心為公司工作，以自己的生意和公司的業務相比，當然會優先考慮自己的生意。

像這種必須提供負面資訊的問題，回答時最好簡潔有力，因為講多錯多，隨時被面試官反問更多，令情況尷尬。同時也不要説謊，明明是自己犯錯而被解僱卻否認，若面試公司聯絡前公司就會被識穿了。

2.   🎧 0514.MP3

Ngo⁵ nem² gung¹ xi¹ wui⁵ on¹ pai⁴ to⁵ dong³
① 我 諗 公 司 會 安 排 妥 當 。

Ngo⁵ dêu³ yem¹ ngog⁶ cong³ zog³ hou² yeo⁵ hing³ cêu³
② 我 對 音 樂 創 作 好 有 興 趣 。

Ngo⁵ dêu³ teo⁴ ji¹ gu² piu³ yeo⁵ di¹ ying⁶ xig¹
③ 我 對 投 資 股 票 有 啲 認 識 。（或）
Ngo⁵ dou¹ xig¹ xig¹ déi² teo⁴ ji¹ gu² piu³
我 都 識 識 哋 投 資 股 票 。

Ngo⁵ ba⁴ ba¹ sam¹ seb⁶ sêu³ zeo⁶ zou⁶ dou³ zung² coi⁴
④ 我 爸 爸 三 十 歲 就 做 到 總 裁 ，
ngo⁵ dou¹ sêng² zou⁶ dou³ kêu⁵ gem² yêng²
我 都 想 做 到 佢 咁 樣 。

Sên³ ngo⁵   zêng¹ di¹ yé⁵ gao¹ béi² ngo⁵ zou⁶
⑤ 信 我 ， 將 啲 嘢 交 畀 我 做 。

Néi⁵ zung¹ yi³ tung⁴ yen⁴ ao³ dou³ dei²
⑥ 你 鍾 意 同 人 拗 到 底 ？
Ding⁶ hei⁶ néi⁵ qing⁴ yun² m⁴ cêd¹ séng¹
定 係 你 情 願 唔 出 聲 ？

第六課

處理客戶投訴

🎧 0611.MP3

職員：
Céng²men⁶ yeo⁵ med¹ yé⁵ ho² yi⁵ bong¹ dou² néi⁵ né¹
請 問 有 乜 嘢 可 以 幫 到 你 呢 ？
請問有什麼需要？

顧客：
Ngo⁵ hei² néi⁵ dou⁶ mai⁵ ni¹ go³ din⁶ wa²
我 喺 你 度 買 呢 個 電 話 ，
我在這裡買了這個電話，

hou² yeo⁵ men⁶ tei⁴ ngo⁵ yiu³ wun⁶ géi¹
好 有 問 題 ， 我 要 換 機 。
有很多問題，我要求換機。

職員：
Hei⁶ bin¹ fong¹ min⁶ yeo⁵ men⁶ tei⁴
係 邊 方 面 有 問 題 ？
請問是哪方面有問題？

néi⁵ hoi¹ béi² ngo⁵ tei² ha⁵
你 開 畀 我 睇 吓 。
你打開讓我看看。

顧客：
Zeo⁶ hei⁶ hoi¹ géi¹ yeo⁵ men⁶ tei⁴ lo¹
就 係 開 機 有 問 題 囉 ！
正就是開機有問題！

Deng²seb⁶ sei³ xin¹ hoi¹ dou²
等 十 世 先 開 到 ，
等很久很久才能打開，

70

zung⁶ man⁶ guo³ ngo⁵ geo⁶ go² bou⁶
仲 慢 過 我 舊 果 部 。
比我的舊手機還要慢。

Yeo⁵ mou⁵ gao² co³ a³
有 冇 搞 錯 呀 ？
太過分了！

職員： Deng² ngo⁵　　ha⁵ néi⁵ bou⁶ géi¹ xin¹
　　　 等 我 check 吓 你 部 機 先 ，
先讓我檢查一下你的手機，

ho² neng⁴ hei⁶ qid³ ding⁶ cêd¹ zo² co³ zé¹
可 能 係 設 定 出 咗 錯 啫 。
可能是設定出錯了。

Jig¹ yun⁴ gao² yun⁴ yed¹ lên⁴ zoi³ hoi¹ géi¹
（ 職 員 搞 完 一 輪 再 開 機
職員弄了一會再開機

dou¹ ho² qi⁵ mou⁵ goi² xin⁶
都 好 似 冇 改 善 。 ）
好像也沒有改善。

顧客： Hei⁶ mei⁶ a³
　　　 係 咪 呀 ？
我説對了吧。

Wa⁶ zo² yeo⁵ men⁶ tei⁴ ga³ la¹　　yeo⁶ m⁴ sên³
話 咗 有 問 題 㗎 啦 ， 又 唔 信 。
已經説了有問題，又不相信我。

Néi⁵ bong¹ ngo⁵ wun⁶ guo³ dei⁶ bou⁶ géi¹ la¹
你 幫 我 換 過 第 部 機 啦 。
你替我換另外一支手機吧。

職員： M⁴ hou² yi³ xi¹　　go³ seo² géi¹ yeo⁵ men⁶ tei⁴
　　　 唔 好 意 思 ， 個 手 機 有 問 題 ，
不好意思，手機有問題，

yiu³ wen² fan¹ néi⁵ go³ pai⁴ ji² gé³ doi⁶ léi⁵ sêng¹
要 搵 番 你 個 牌 子 嘅 代 理 商 ，
需要找那個品牌的代理商，

yeo⁴ kêu⁵ déi⁶ bong¹ néi⁵ wun⁶ gé³
由 佢 哋 幫 你 換 嘅 。
由他們幫你更換。

顧客： Néi⁵ déi⁶ mai⁶ go³ yeo⁵ men⁶ tei⁴ gé³ géi¹ béi² ngo⁵
你 哋 賣 個 有 問 題 嘅 機 畀 我 ，
是你們賣我一支有問題的手機，

m⁴ sei² fu⁶ zag³ ga⁴
唔 使 負 責 㗎 ？
你們不需要負責嗎？

職員： Néi⁵ ga³ géi¹ yeo⁵ bou² yêng⁵
你 架 機 有 保 養 ，
這支手機有保修服務，

bed¹ yu⁴ ling¹ hêu³ wei⁴ seo¹ bou⁶ check ha⁵ xin¹
不 如 拎 去 維 修 部 check 吓 先 ，
我建議你先拿到維修部檢查，

yeo⁵ mé¹ men⁶ tei⁴
有 咩 問 題 ，
如果有什麼問題，

doi⁶ léi⁵ sêng¹ wui⁵ xig¹ dong¹ qu³ léi⁵ gé³
代 理 商 會 適 當 處 理 嘅 。
代理商會適當處理。

Na⁴ ni¹ go³ hei⁶ wei⁴ seo¹ bou⁶ din⁶ wa² tung⁴ déi⁶ ji²
嗱 ， 呢 個 係 維 修 部 電 話 同 地 址 。
這是維修部的電話和地址。

顧客： Wa³ Néi⁵ go² go³ wei⁴ seo¹ bou⁶ san¹ ka¹ la¹ gem³ yun⁵
嘩 ！ 你 果 個 維 修 部 山 旮 旯 咁 遠 ，
你看！那維修部在那麼偏遠的地方，

xing¹ kéi⁴ yed⁶ yeo⁶ m⁴ hoi¹　　Ngo⁵ yiu³ wen² xig⁶ ga³
星　期　日　又　唔　開　。　我　要　搵　食　㗎　！
星期天又不開門。我要工作的，

Dim² hêu³　a³
點　去　呀　？
怎麼能去？

職員：
Néi⁵ ho² yi⁵ da² din⁶ wa² hêu³ tung⁴ xi¹ fu² king¹ ha⁵ xin¹
你　可　以　打　電　話　去　同　師　傅　傾　吓　先　。
你可以先打電話過去跟師傅談談。

Néi⁵ da² ni¹ go³ ca⁴ sên¹ din⁶ wa² la¹
你　打　呢　個　查　詢　電　話　啦　。
請你打這個查詢電話。

顧客：
Ni¹ go³ ca⁴ sên¹ din⁶ wa²　　ngo⁵ da² guo³ la¹
呢　個　查　詢　電　話　，　我　打　過　喇　，
這個查詢電話，我已經打過，

da² gig⁶ dou¹ mou⁵ yen⁴ téng¹
打　極　都　冇　人　聽　。
老是沒有人接聽。

Néi⁵ yi⁴ ga¹ da² guo³ hêu³ xi³ ha⁵
你　而　家　打　過　去　試　吓　，
你現在打過去試試，

tei² ha⁵ yeo⁵ mou⁵ xi¹ fu² dab³ néi⁵
睇　吓　有　冇　師　傅　答　你　？　！
看有沒有維修技術員回答你！

Jig¹ yun⁴ da² guo³ hêu³　　din⁶ wa² m⁴ tung¹
（　職　員　打　過　去　，　電　話　唔　通　。　）
（職員打過去，電話打不通。）

職員：
Yi⁴ ga¹ xig⁶ an³ xi⁴ gan³　　ho² neng⁴ deg¹ yed¹ go³ xi¹ fu²
而　家　食　晏　時　間　，　可　能　得　一　個　師　傅
現在是午飯時間，可能只有一位師傅

téng¹ din⁶ wa²   hei⁶ nan⁴ da² di¹ gé²
聽　電　話　，　係　難　打　啲　嘅　。
聽電話，是比較難打通的。

顧客：
Na⁴   gem² la¹   Gan¹ dan¹ di¹   ngo⁵ bai² dei¹ bou⁶ géi¹
嗱　，　咁　啦　！　簡　單　啲　，　我　擺　低　部　機　，
這樣吧！簡單一點，我把手機留下，

néi⁵ bong¹ ngo⁵ ling¹ hêu³ wun⁶ géi¹
你　幫　我　拎　去　換　機　，
你替我拿去換一支手機，

ngo⁵ hei² ni¹ dou⁶ lo² fan¹ bou⁶ sen¹ géi¹ mei⁶ deg¹ lo¹
我　喺　呢　度　攞　番　部　新　機　咪　得　囉　。
我就在這裡拿回新的手機。

職員：
Ni¹ dou⁶ ji² hei⁶ fu⁶ zag³ mai⁶ géi¹
呢　度　只　係　負　責　賣　機　，
這裡只負責出售手機，

kéi⁴ sed⁶ yiu³ bong¹ hag³ yen¹ wei⁴ seo¹ wag⁶ zé² wun⁶ géi¹
其　實　要　幫　客　人　維　修　或　者　換　機　，
其實要替客人維修或者換機，

ngo⁵ déi⁶ hou² nan⁴ zou⁶ ga³
我　哋　好　難　做　㗎　。
我們很難做得到。

顧客：
ngo⁵ mai⁵ yé⁵ go² zen⁶
sell 我　買　嘢　果　陣
向我推銷，叫我買東西的時候

zeo⁶ gong² dou³ fug⁶ mou⁶ tin¹ ha⁶ mou⁴ dig⁶
就　講　到　服　務　天　下　無　敵　，
就説得你們的服務天下無敵，

yi⁴ ga¹ giu³ néi⁵ zou⁶ xiu² xiu² yé⁵ dou¹ wa⁶ m⁴ deg¹
而　家　叫　你　做　少　少　嘢　都　話　唔　得　？
現在叫你做一點小事也説不行？

Néi⁵ m⁴ wa⁶ deg¹ xi⁶
你 唔 話 得 事 ，

你不能作主，

giu³ néi⁵ ging¹ léi⁵ lei⁴ tung⁴ ngo⁵ gong²
叫 你 經 理 嚟 同 我 講 ！

叫你的經理出來，我跟他講！

Ngo⁵ hêu³ men⁶ ha⁵ ging¹ léi⁵
職員： 我 去 問 吓 經 理 ，

我去問問經理，

tei² ha⁵ néi⁵ gé³ qing⁴ fong³ yeo⁵ mé¹ ban⁶ fad³
睇 吓 你 嘅 情 況 有 咩 辦 法 ，

看你的情況有什麼辦法，

céng² néi⁵ deng² zen⁶ la¹
請 你 等 陣 啦 。

請稍等。

廣東話詞彙運用

🎧 0612.MP3

拼音及詞彙	意思	例子
deng²seb⁶ sei³ 等 十 世	用於抱怨等很久很久還等不到	Deng²seb⁶ sei³ dou¹ méi⁵ yeo⁵ wui⁴ yem¹ 等 十 世 都 未 有 回 音 。 等了很久還沒等到回覆。
gao² yun⁴ 搞 完 yed¹ lên⁴ 一 輪	費勁弄了一陣子(結果仍不滿意)	Gao² yun⁴ yed¹ lên⁴ teo⁴ piu³ 搞 完 一 輪 投 票 ， xun² go³ doi⁶ biu² cêd¹ lei⁴ 選 個 代 表 出 嚟 dou¹ hei⁶ fei³ gé³ 都 係 廢 嘅 。 搞了一回投票，選出的代表還是廢物。 Gong² zo² yed¹ lên⁴ dou¹ mou⁵ heng⁴ dung⁶ 講 咗 一 輪 都 冇 行 動 。 討論了一陣子，還是沒有行動。

拼音及詞彙	意思	例子
san¹ ka¹ la¹ 山 旮 旯	形容偏遠、 荒蕪的地方	Hêu³ di¹ san¹ ka¹ la¹ déi⁶ fong¹ 去 啲 山 旮 旯 地 方 zou⁶ yi⁶ gung¹zen¹ hei⁶ wei⁵ dai⁶ 做 義 工 真 係 偉 大 ! *去那些偏遠、荒蕪的地方做志願者* *真偉大！*
da² gig⁶ dou¹ 打 極 都 m⁴ tung¹ 唔 通	怎麼也不能 打通電話 見《初學廣 東話》170頁	Hog⁶ gig⁶ dou¹ m⁴ xig¹ 學 極 都 唔 識 。 *怎麼學都學不會。* Dêu³ ju⁶ go³ hoi² 對 住 個 海 , mong⁶gig⁶ dou¹ m⁴ yim³ 望 極 都 唔 厭 。 *對着大海,看多久都不會厭倦。*
wa⁶ xi⁶ 話 事	作主 有主導權 説了算	Hei² ug¹ kéi²　　a³ ba⁴ wa⁶ sai³ xi⁶ 喺 屋 企 , 阿 爸 話 晒 事。 *在家裡,什麼事都是爸爸説了算。* Hêu³ bin¹ dou⁶ xig⁶ fan⁶ 去 邊 度 食 飯 , néi⁵ wa⁶ xi⁶ la¹ 你 話 事 啦 。 *去哪裡吃飯,你作主。*

取材要點

1. 客戶服務員:應如何處理客顧要求。

· 細心聆聽顧客的問題,別急着搶答,或急於表達意見。不要打斷對方發言。

· 太快搶答,給人輕率的感覺,還會似跟顧客爭辯。

- 向顧客提問時，應該多加細節，令問題清晰，同時展示你了解多少情況。

- 不一定要解決到問題，最重要是分析你的處事邏輯，讓顧客感到你在盡力幫忙。

- 顧客的投訴不是針對個人，所以向你發脾氣，甚至講粗言穢語，也不要動氣惡言相向，而是冷靜聽出問題所在，替顧客處理，告訴他們公司會怎樣跟進。

2. 顧客：怎樣做才可以得到更佳服務。

- 清楚形容情況，說明你不滿什麼。

- 不要帶怪責追究的語氣，也不要對客戶服務員存有偏見，欠缺「對事不對人」的判斷力。

- 面對面投訴時，記住笑容可以打破客戶服務員對你的戒備。以同理心想一想，客顧服務員不過是受薪打工，不希望受氣。

- 從自身角度說出你的感受，如「我好嬲」、「好激氣」、「好失望」、「冇晒辦法」、「唔知點算」等；你為什麼有這感覺？你又有什麼回應？

- 重點在於解決問題，而不是找晦氣。如果客戶服務員有誠意協助你，對他說一句感謝。用語要正面。

- 如果客戶服務員不願意幫你，你可以考慮投訴升級，如叫他請示上級，請經理跟你直接對話；也可以通過媒體公開你的問題。

- 投訴要知所進退。不要每件事都追究到底，要得到公平對待和最佳服務。如果「搞大」投訴事件會得不償失，就應適可而止，接受現實。

要有禮貌,多用「請問」、「唔好意思」等。

小貼士

1. **面部表情**
   - 適當微笑展示善意,但注意顧客憤怒時就要收斂笑容,顧客以為你譏笑他,會惹他更生氣。

2. **身體語言**
   - 儘量動作小,與顧客保持距離。

3. **語速**
   - 語速必須比客人慢,切忌講得快,使人覺得你心浮氣躁,也會影響客人的情緒,挑起更多不滿。
   - 聲線較低沉顯得專業、有說服力,也讓客人對你有信心。

練習

1. **如果同時有兩位客人要求協助,你怎樣處理?例如一位問價格,另一位要了解產品使用方法。**

2. **選擇更口語說法。**

   ① 服務冇改善過

a	服務冇好到	b	服務冇好番
c	啲服務好過冇	d	啲服務未得

   ② 請隨便發表意見

a	求其搵個人講啲嘢	b	係咁二請個人講吓嘢
c	噏得出就噏	d	是旦講兩句

③ 儘快結束

a	呢呢嗱嗱埋單	b	喳喳淋玩完
c	嗱嗱聲收檔	d	呢呢淋淋埋尾

④ 上堂時間非常唔方便

a	上親堂都唔得閒	b	上堂時間好了能
c	去上堂煩到爆	d	卡啦卡啦咁上堂

⑤ 講唔到重心

a	講到到喉唔到肺	b	講到窒吓窒吓
c	講得唔到肉	d	冇畀人篤爆

答案

1. 如果一個人無法同時處理兩位客人的問題，就應立即請同事幫手。沒有其他同事有空幫忙，就先判斷兩位客人中哪個問題較難處理？先請問題較複雜的客人坐一坐，承諾稍後用心處理；再解決問題較簡單的那位。例如先回應產品價格(問題較簡單)，再對另一位講解怎樣使用產品(問題較複雜)。

2. 選擇更口語說法　　　🎧 0613.MP3

①	其他答案	意思
a.	fug⁶ mou⁶ mou⁵ hou² dou³ 服 務 冇 好 到	服務沒有改善。

	其他答案	意思
b.	fug⁶ mou⁶ mou⁵ hou² fan¹ 服 務 冇 好 番	服務沒有回到從前的高水平。
c.	di¹ fug⁶ mou⁶ hou² guo³ mou⁵ 啲 服 務 好 過 冇	提供的服務聊勝於無。
d.	di¹ fug⁶ mou⁶ méi⁶ deg¹ 啲 服 務 未 得	服務沒有達到水平。

②	其他答案	意思
d.	xi⁶ dan⁶ gong²lêng⁵ gêu³ 是 旦 講 兩 句	隨便講兩句話。

	其他答案	意思
a.	keo⁴ kéi⁴ wen² go³ yen¹gong² di¹ yé⁵ 求 其 搵 個 人 講 啲 嘢	隨便找個人說說話。
b.	hei⁶ gem² yi² céng² go³ yen⁴ 係 咁 二 請 個 人 gong² ha⁵ yé⁵ 講 吓 嘢	隨便找一個人來說幾句，要求不高。
c.	eb¹ deg¹ cêd¹ zeo⁶ eb¹ 噏 得 出 就 噏	亂講一通。

③	其他答案	意思
c.	la⁴ la² séng¹ seo¹ dong³ 嗱 嗱 聲 收 檔	趕快關門結束。

	其他答案	意思
a.	li⁴ li¹ la⁴ la⁴ mai⁴ dan¹ 呢 呢 嗱 嗱 埋 單	趕快結帳。
b.	za⁴ za⁴ lem⁴ wan² yun⁴ 喳 喳 淋 玩 完	維持不久就結束了。
d.	li⁴ li¹ lem⁴ lem⁴ mai⁴ méi⁵ 呢 呢 淋 淋 埋 尾	倉促結尾。

④	其他答案	意思
b.	sêng⁵tong⁴ xi⁴ gan³ hou² liu¹ leng¹ 上 堂 時 間 好 了 能	上課時間好奇怪又不方便。

	其他答案	意思
a.	sêng⁵cen¹ tong⁴ dou¹ m⁴ deg¹ han⁴ 上 親 堂 都 唔 得 閒	每次上課都沒空。
c.	hêu³sêng⁵tong⁴ fan⁴ dou³ bao³ 去 上 堂 煩 到 爆	去上課麻煩死了。
d.	ka³ la¹ ka³ la¹ gem²sêng⁵tong⁴ 卡 啦 卡 啦 咁 上 堂	上課去一次停一次，又或者一次學理論、一次做練習。 「卡啦卡啦」即兩件事間隔來做。

⑤	正確答案	意思
c.	gong² deg¹ m⁴ dou³ yug⁶ 講 得 唔 到 肉	説不到重點，形容不貼切。

	其他答案	意思
a.	gong² dou³ dou³ heo⁴ m⁴ dou³ fei³ 講 到 到 喉 唔 到 肺	講得不夠深入，聽者不滿足。
b.	gong² dou³ zed⁶ ha⁵ zed⁶ ha⁵ 講 到 窒 吓 窒 吓	講得不流暢。
d.	mou⁵ béi² yen⁴ dug¹ bao³ 冇 畀 人 篤 爆	沒被人揭穿。

第七課

請教同事如何處理客戶要求

課文　　 0711.MP3

Gung¹guan¹gung¹xi¹ lêng⁵ go³ tung⁴ xi⁶ king¹
公 關 公 司 兩 個 同 事 傾
公關公司的兩個同事談

dim²yêng² qu³ léi⁵ yed¹ go¹ hag³ wu⁶ gé³ yiu¹ keo⁴
點 樣 處 理 一 個 客 戶 嘅 要 求 。
怎樣處理一個客戶的要求。

Sen¹ding¹ A³　　hêng³ béi² gao³ yeo⁵ ging¹ yim⁶ gé³ tung⁴ xi⁶
新 丁 阿 Bob 向 比 較 有 經 驗 嘅 同 事
新人Bob向比較有經驗的同事

Yed¹ Zé¹ céng²gao³
一 姐 請 教 。
大姐請教。

　　　Ai⁶　　Yed¹ Zé¹　　néi⁵ geo³ ha⁵ ngo⁵ la¹
Bob： 哎 ！ 一 姐 ， 你 救 吓 我 啦 。
　　　大姐，你要救救我！

Go³ hag³ a³ Fung⁴ Tai² yeo⁶ tiu³ zei³
個 客 阿 馮 太 又 跳 掣 ，
客戶馮太太又任意改變主意，

yiu³ goi² kêu⁵ kéi⁴ lam⁶ dim³ go³ hoi¹ mog⁶ lei⁵ gé³　　　　wo⁵
要 改 佢 旗 艦 店 個 開 幕 禮 嘅 proposal 喎 。
她說要修改旗艦店開幕禮的提案。

一姐： 第 N 次 改 㗎 喇 噃 。
Dei⁶ qi³ goi² ga³ la³ bo³

已經修改過記不得多少次。

呢 次 又 有 咩 要 求 呀 ？
Ni¹ qi³ yeo⁶ yeo⁵ mé¹ yiu¹ keo⁴ a³

這次又有什麼要求？

Bob： 佢 想 搵 個 韓 國 明 星 嚟
Kêu⁵ sêng² wen² go³ Hon⁴ Guog³ ming⁴ xing¹ lei⁴

她想找韓國明星來

剪 綵 ， 話 見 報 率 同 話 題 性
jin² coi² wa⁶ gin³ bou³ lêd² tung⁴ wa⁶ tei⁴ xing³

剪綵，覺得見報率和話題性

高 過 本 地 明 星 喎 。
gou¹ guo³ bun² déi⁶ ming⁴ xing¹ wo⁵

比本地明星高。

一姐： 我 碌 爆 人 情 咕 ，
Ngo⁵ lug¹ bao³ yen⁴ qing⁴ kad¹

我好辛苦叫人家賣人情、給我面子，

已 經 搵 陳 豪 傾 好 晒 ，
yi⁵ ging¹ wen² Cen⁴ Hou⁴ king¹ hou² sai³

已經找陳豪談好了，

點 推 呀 ？
dim² têu¹ a³

怎麼把他推掉？

哎 ！ 呢 筆 遲 啲 再 講 。
Ai⁶ Ni¹ bed¹ qi⁴ di¹ zoi³ gong²

這筆以後再說。

咁 搵 韓 星 ， 想 搵 邊 個 ？
Gem² wen² hon⁴ xing¹ sêng² wen² bin¹ go³

那麼，找韓星，想找哪一位？

Yu⁶ xun³ cêd¹ géi² do¹ qin² a³
預 算 出 幾 多 錢 呀 ？
預算是多少錢？

Bob： Gong² ni¹ di¹ zeo⁶ teo⁴ hen⁴
講 呢 啲 就 頭 痕 ，
講到這一點我就頭痛，不知怎麼辦！

goi¹ gem³ do¹ qi³ yé⁵ dou¹ mou⁵ ga¹ dou³
改 咁 多 次 嘢 都 冇 加 到 budget ，
改了那麼多次，從來沒加過預算，

kêu⁵ zung⁶ hung¹ ngo⁵ déi⁶ wa⁶ zou⁶ m⁴ dim⁶
佢 仲 兇 我 哋 話 做 唔 掂 ，
她還恐嚇我們，說要是搞不定，

zeo⁶ wen² guo³ dei⁶ gan¹ gung¹ xi¹ zou⁶
就 搵 過 第 間 PR 公 司 做 。
就找另外一家公關公司做。

Ngo⁵ seo¹ dou² fung¹ go² bin⁶ heng² zei³
我 收 到 風 ，ABC 果 便 肯 制 ，
我收到消息，ABC公司想做，

dim² xun³ a³
點 算 呀 ？
怎麼辦？

一姐： Ni¹ go³ hag³ zen¹ hei⁶ nan⁴ ceo³ yeo⁶ m⁴ deg¹ zêu⁶ deg¹
呢 個 客 真 係 難 湊 ，又 唔 得 罪 得 。
這個客戶真難伺候，又不能開罪。

Go³ hag³ yeo⁵ gem² gé³ yiu¹ keo⁴
個 客 有 咁 嘅 要 求 ，
客戶提出這樣的要求，

ngo⁵ déi⁶ dou¹ yiu³ zên⁶ yen⁴ xi⁶ xi³ ha⁵ gag³
我 哋 都 要 盡 人 事 試 吓 嗋 。
我們也得盡力試試。

Bob：

Méi⁶ xi³ guo³ wen² hon⁴ xing¹
未 試 過 搵 韓 星 ，
我沒試過請韓星，

yiu³ dim² lün⁴ log⁶ kêu⁵ déi⁶ ging¹ léi⁵ yen⁴ gung¹ xi¹
要 點 聯 絡 佢 哋 經 理 人 公 司 ？
怎樣聯繫他們的經理人公司？

一姐：

Néi⁵ wen²   bong¹ seo² la¹   Kêu⁵ yeo⁵ ging¹ yim⁶
你 搵 Mandy 幫 手 啦 ！ 佢 有 經 驗 。
你找 Mandy 幫忙吧！她有經驗。

Ngo⁵ déi⁶ zung⁶ yiu³ dam¹ sem¹
我 哋 仲 要 擔 心 working visa
我們還要擔心工作簽證

m⁴ ji¹ zou⁶ m⁴ zou⁶ deg¹ qid³ tim¹
唔 知 做 唔 做 得 切 添 。
不知道來不來得及辦好。

Zou⁶ m⁴ qid³   zan² lêng⁵ teo⁴ m⁴ dou³ ngon⁶
做 唔 切 ， 盞 兩 頭 唔 到 岸 。
來不及，只怕兩頭都落空。

Bob：

Ha²   gem³ cam² lid⁶⁻²
吓 ？ 咁 慘 烈 ？
不是吧？那麼嚴重？

Hou² m hou² néi⁵ bong¹ ngo⁵ tung⁴ Fung⁴ Tai³ king¹ ha⁵
好 唔 好 你 幫 我 同 馮 太 傾 吓 ，
有沒有需要你替我跟馮太太談談？

sêu³ fug⁶ kêu⁵ m⁴ hou² wun⁶ hon⁴ xing¹ a³
説 服 佢 唔 好 換 韓 星 呀 ？
説服她不要換韓星好嗎？

一姐：

Ngo⁵ xi³ ha⁵ tung⁴ kêu⁵ gong² dou⁶ léi⁵
我 試 吓 同 佢 講 道 理 ，
我試試跟她講道理，

fen¹ xig¹ wen² hon⁴ xing¹ gé³ fung¹ him²
分 析 搵 韓 星 嘅 風 險 。

分析請韓星的風險。

Seo² xin¹　m⁴　yed¹ ding⁶ céng² dou²
首 先 唔 一 定 請 到

首先不一定請得到

kêu⁵ zêu³　léi⁵ sêng² gé³ yen⁴ xun²
佢 最 理 想 嘅 人 選 ，

她最理想的人選，

yi⁴　cé²　kêu⁵ déi⁶ yed¹ bun¹ ying¹ men² ma⁴ ma² déi²
而 且 佢 哋 一 般 英 文 麻 麻 哋 ，

而且他們的英語一般般，

ngo⁵ déi⁶ yiu³ céng² hon⁴ men² fan¹ yig⁶
我 哋 要 請 韓 文 翻 譯 ，

我們要聘請韓語翻譯，

yu⁵ yin⁴ keo¹ tung¹ ho² neng⁴ yeo⁵ zêng³ ngoi⁶
語 言 溝 通 可 能 有 障 礙 ，

語言溝通可能有障礙，

yeo⁴ kéi⁴ yim² zung⁶ gé³ men⁶ tei⁴ hei⁶
尤 其 嚴 重 嘅 問 題 係

尤其嚴重的問題是

zou⁶ gung¹ zog³ qim¹ jing³ 　　yeb⁶ ging² qu³ zou⁶ yé⁵
做 工 作 簽 證 ， 入 境 處 做 嘢

辦工作簽證，入境處怎麼辦事

m⁴ hei⁶ ngo⁵ déi⁶ hung³ zei¹ dou²
唔 係 我 哋 控 制 到 。

不是我們能控制的。

Zung⁶ yeo⁵ ngo⁵ déi⁶ heb⁶ zog³ guan³
仲 有 我 哋 合 作 慣 ，

還有我們公司跟她合作慣了，

qing¹ co² kêu⁵ gung¹ xi¹ ying⁴ zêng⁶ tung⁴
清 楚 佢 公 司 形 象 同

清楚她公司的形象和

kêu⁵ gé³ ben² méi⁶
佢 嘅 品 味 ，
她的品味，

béi² kéi⁴ ta¹　　gung¹ xi¹ yeo⁵ yeo¹ sei³
比 其 他 PR 公 司 有 優 勢 。
比其他公關公司有優勢。

Héi¹mong⁶kêu⁵heng²téng¹　　seo¹ wui⁴ xing⁴ming⁶ la¹
希 望 佢 肯 聽 ， 收 回 承 命 啦 。
希望她願意聽我說，收回命令。

Bob：
Hou² sei¹ léi⁶ a³
好 犀 利 呀 ！
好厲害！

Ngo⁵dong¹ xi⁴ téng¹dou³ ou¹ sai³ zêu²
我 當 時 聽 到 O 晒 嘴 ，
我當時聽得目瞪口呆，

dou¹ m⁴ xig¹ tung⁴Fung⁴ Tai² gem²gong²
都 唔 識 同 馮 太 咁 講 。
不懂跟馮太太這樣說。

Yed¹ Zé¹　　néi⁵ zen¹ hei⁶ ling⁶ ngo⁵ hou² pui³ fug⁶
一 姐 ， 你 真 係 令 我 好 佩 服 ！
大姐，你真讓我佩服！

Hei⁶ a³　　Fung⁴ Tai² zung⁶sêng² hei² zêng¹
係 呀 ， 馮 太 仲 想 喺 張 poster
對了，馮太太還想在海報上的

ni¹ gêu³ yé⁵ dou⁶ ga¹ go³ deo⁶ hou⁶ tung⁴gem² tan³ hou⁶
呢 句 嘢 度 加 個 逗 號 同 感 嘆 號……
這一句加逗號和感嘆號……

一姐：
M⁴ hei⁶ a³ ma⁵　　Gem³wed⁶ ded⁶　　zen¹ hei⁶ yiu³ ga¹ a⁴
唔 係 呀 嘛 ？ 咁 核 突 ， 真 係 要 加 牙 ？
不是吧？那麼難看，真要加嗎？

Bob： Hei⁶ a³　　M⁴ ga¹ kêu⁵ m⁴ seo¹ fo³
係 呀 。 唔 加 佢 唔 收 貨 。
是的。她說不可以不加。

一姐： Gem² wei⁴ yeo⁵ jiu³ zou⁶ la¹
咁 唯 有 照 做 啦 。
那只好按她的意思辦。

Tung⁴ xi⁴ qu³ léi⁵ gem³ do¹ hong⁶gung¹zog³
同 時 處 理 咁 多 項 工 作 ，
同時處理那麼多項工作，

néi⁵ zou⁶ m⁴ zou⁶ deg¹ lei⁴ ga³
你 做 唔 做 得 嚟 㗎 ？
你做得來嗎？

Bob： Néi⁵ ying⁶ wei⁴ bin¹ yêng⁶gen² yiu³ di¹
你 認 為 邊 樣 緊 要 啲 ，
你認為哪一項更重要，

ngo⁵ yiu³ zou⁶ xin¹
我 要 做 先 ？
我需要先處理？

一姐： Gao²zêng¹　　　béi² gao³ gan² dan¹　　zou⁶ xin¹ la¹
搞 張 poster 比 較 簡 單 ， 做 先 啦 ！
搞海報比較簡單，先做這個吧！

Zoi³ hêu³ wen²Fung⁴ Tai²　　ngo⁵ déi⁵ yêg³ xi⁴ gan³ king¹
再 去 搵 馮 太 ， 我 哋 約 時 間 傾 。
然後再去找馮太太，我們約時間談。

Géng¹king¹ m⁴ dim⁶　　néi⁵ hêu³ men⁶ding⁶
驚 傾 唔 掂 ， 你 去 問 定 Mandy
還是怕談不成，你先去問 Mandy

dim²yêng² lün⁴ log³ hon⁴ xing¹
點 樣 聯 絡 韓 星 ，
準備怎樣聯絡韓星，

sé² ju⁶ yiu¹ qing² sên³ xin¹
寫 住 邀 請 信 先 。

先寫好邀請信。

Bob： M⁴ goi¹ sai³　　Ngo⁵ jig¹ hag¹ hêu³ zou⁶
唔 該 晒 。 我 即 刻 去 做 。

謝謝！我立即去做。

一姐： M⁴ sei² geb¹　　zêu³ gen² yiu³ fai³
唔 使 急 ， 最 緊 要 快 。

要快，但是不要緊張搞亂了。

廣東話詞彙運用　　🎧 0712.MP3

拼音及詞彙	意思	例子
tiu³ zei³ 跳 掣	原指電箱跳閘，引伸用於形容思想天馬行空，不斷改變主意，難以捉摸。	Dim² gai² gan¹ ug¹ wui⁵ ting⁴ din⁶ 點 解 間 屋 會 停 電 ？ Tei² ha⁵ hei⁶ mei⁶ tiu³ zei³ 睇 吓 係 咪 跳 掣 ？ 為什麼房子會停電？看看是不是跳閘吧。 Kêu⁵ kem⁴ yed⁶ wa⁶ sêng² hêu³ Yed⁶ Bun² 佢 琴 日 話 想 去 日 本 lêu⁵ heng⁴　　gem¹ yed⁶ yeo⁶ tiu³ zei³ 旅 行 ， 今 日 又 跳 掣 ， wa⁶ yiu³ hêu³ Hon⁴Guog³ 話 要 去 韓 國 。 他昨天説想去日本旅遊，今天又忽然改變主意，説要去韓國。

拼音及詞彙	意思	例子
dei⁶ qi³ 第N次	無限次； N 在數學 上代表「無 限」。	Deng² zo²　　nin⁴ 等 咗 N 年 。 等了不知多少年。 Néi⁵ men⁶ zo²　　gem³ do¹ qi³ 你 問 咗 N 咁 多 次 。 你問過了無限次。
lug¹ bao³ 碌 爆 yen⁴ qing⁴ kad² 人 情 咭	用盡方法請 朋友賣人情 幫忙。 碌 咭（lug¹ kad¹），即 刷信用卡。	Wei⁶ zo² céng² ga¹ ben¹ 為 咗 請 嘉 賓 ， ngo⁵ yiu³ lug¹ bao³ yen⁴ qing⁴ kad¹ 我 要 碌 爆 人 情 咭 。 為了邀請嘉賓，我已盡力找朋友 賣人情。
teo⁴ hen⁴ 頭 痕	沒辦法、很 頭痛，不停 搔頭皮。 痕，即癢。	Nem⁵ héi² gao¹ hog⁶ fei³ 諗 起 交 學 費 zeo⁶ teo⁴ hen⁴ 就 頭 痕 。 想到要交學費就很頭痛。
hung¹ 兇	恐嚇	Kêu⁵ hung¹ ngo⁵ déi⁶ 佢 兇 我 哋 ， giu³ ngo⁵ déi⁶ m⁴ hou² cêd¹ séng¹ 叫 我 哋 唔 好 出 聲 。 他恐嚇我們，叫我們不要作聲。
heng² zei³ 肯 制	願意做，即 使條件非常 差。	Mou⁵ yen⁴ heng² zei³ 冇 人 肯 制 。 沒有人願意做，因為條件太差。 Yed¹ bag³ men¹ zou⁶ yed¹ yed⁶ 一 百 蚊 做 一 日 ， néi⁵ zei³ m⁴ zei³ 你 制 唔 制 ？ 幹一天 $100，你願意做嗎？

拼音及詞彙	意思	例子
ceo[3] 湊	伺候、照顧	Ceo[3] zei[2] fan[1] hog[6] 湊 仔 返 學 。 帶孩子上學。 Ceo[3] ju[6] lêng[5] go[3] xun[1] 湊 住 兩 個 孫 。 要帶着兩個孫子。
zou[6] deg[1] qid[3] 做 得 切 zou[6] m[4] qid[3] 做 唔 切	來得及完成 來不及做好 見《説好廣東話》203頁	Ngo[5] zou[6] m[4] qid[3] 我 做 唔 切 go[3] qid[3] gei[3] gou[2] 個 設 計 稿 。 我來不及完成設計稿。
zan[2] 蓋	徒然、得不償失 見《説好廣東話》167頁	Néi[5] xig[6] dou[3] zei[6] 你 食 到 滯 , ding[2] ju[6] go[3] wei[6] 頂 住 個 胃 , zan[2] sen[1] fu[2] 蓋 辛 苦 。 你吃得太多,導致消化不良,胃脹住,徒辛苦了自己。
lêng[5] teo[4] 兩 頭 m[4] dou[3] ngon[6] 唔 到 岸	兩頭落空、上下夠不。	Néi[5] gem[3] fai[3] zeo[6] qi[4] gung[1] 你 咁 快 就 辭 工 ? Yu[4] guo[2] sen[1] gung[1] xi[1] 如 果 新 公 司 m[4] tung[4] néi[5] qim[1] yêg[3] 唔 同 你 簽 約 , néi[5] dou[3] xi[4] mei[6] lêng[5] teo[4] 你 到 時 咪 兩 頭 m[4] dou[3] ngon[6] 唔 到 岸 ? 你那麼快辭職?如果新公司不跟你簽約,你就到頭來一場空了。

拼音及詞彙	意思	例子
ou¹ sai³ zêu² O 晒 嘴	目瞪口呆 英文字母 「O」，用來 形容張着嘴 巴。	Go³ coi³ guo² bao² dai⁶ lang⁵ 個 賽 果 爆 大 冷 ， qun⁴ sei³ gai³ dou¹ sai³ zêu² 全 世 界 都 O 晒 嘴 。 賽果出人意表，所有人都目瞪口 呆，反應不過來。
wed⁶ ded⁶ 核 突	噁心、難看。	Ni¹ go³ ngan⁴ xig¹ 呢 個 顏 色 hou² wed⁶ ded⁶ 好 核 突 。 這個顏色太難看了。 Séng⁴ déi⁶ dou¹ hei⁶ hüd³ 成 地 都 係 血 ， hou² wed⁶ ded⁶ 好 核 突 。 地上全是血，好噁心。
seo¹ fo³ 收 貨	接收貨物。 引伸成湊合 着，願意接 受情況。	Séng⁴keo⁴ fan¹ dim² dou¹ yiu³ 想 求 婚 ，點 都 要 yeo⁵ gai³ ji² xin¹ seo¹ fo³ 有 戒 指 先 收 貨 。 你想求婚，最少也要戒指，我才 會接受。 Di¹ zong¹ seo¹ jing² deg¹ gem³ 啲 裝 修 整 得 咁 ca¹ ngo⁵ m⁴ seo¹ fo³ 差 ， 我 唔 收 貨 ， m⁴ wui⁵ béi² qin² 唔 會 畀 錢 。 裝修弄得那麼糟，我不接受， 不會付錢。

拼音及詞彙	意思	例子
zou⁶ m⁴ dim⁶ 做 唔 掂 king¹ m⁴ dim⁶ 傾 唔 掂	做不好、做不到。 談不攏。 傾，即談、商量。 唔掂，即不成，來自「搞唔掂」，即做不好。	Gem³ xiu² 咁 少 budget， ngo⁵ zou⁶ m⁴ dim⁶ 我 做 唔 掂 。 那麼低的預算，我做不到。 Ngo⁵gong²kêu⁵ m⁴ dim⁶ 我 講 佢 唔 掂 。 我不能說服他。
m⁴ sei² geb¹ 唔 使 急， zêu³ gen² yiu³ 最 緊 要 fai³ 快。	香港人做什麼事情都要快、快、快；「唔使急」，只是叫人不要亂，要小心，而非叫人慢慢來。	

1. 與上司或同事討論問題時應注意事項：

· 上司下屬或同事之間的問題大多是溝通問題，說真話，同時要尊重上司和同事。

· 重點是你處理問題的原則與溝通能力，不是判斷是非。

· 沒有對錯的問題，例如工作的複雜性，就不必下結論，只要井然有序說出不同觀點。

- 先立論，講出你的看法，然後用事例支持你的論點，最後再申明立場。

- 將好處具體化。通過清晰的形容，使人感到你的策略有好處。例如使用某產品或服務，生活得到改善。

- 回應問題時不要太害怕有沒有犯錯，逃避表明自己的立場。

- 推測將來的事，不要講得太死，也不要極端結論。

- 同事指出你犯錯時就要誠心道歉。說錯了還死撐是別人聽錯，或堅持自己的說法才正確，其實是一錯再錯。

- 讓對方知道你明明自己聽不懂卻不問的話，對方會擔心你這種態度很難以後和你合作。

- 很多人聽別人說話時很在意準備怎樣回應，而忘記要了解對方。有時對方只是向你傾訴，不是需要建議。

- 儘量靠近對方，如果對方退後，就不要再靠前，找到雙方舒服的距離，要注意不要給對方壓力。

- 不要害羞。不能哭。

- 不要裝可愛。工作的人要成熟獨立。

2. 小組討論問題時應注意事項：

- 尊重在場每個人。

- 男性要顯示紳士風度，尊重女性，讓女士先發言。

- 避免傳閱資料，這樣你說的話，在場一定最少有三人因顧着看資料而忽略你——剛看完的、正在看的，和等着接手的人。

- 時刻保持專業、警覺，以最佳狀態示人。

- 準備好才發言。說話要簡潔，能綜合各方意見，避免冗長發言，惹人厭煩。

- 針對論題分析，不要把話題愈扯愈遠。

- 要擅於溝通，而不是能言善辯，鋒芒太露，易招其他人攻擊。

- 注意你的發言是為達成共識，理性討論，不是引起更多爭論。無必要地引起爭論者，會被視為愛製造麻煩，不受團隊歡迎。

- 表達自己看法和立場的同時，也要懂得接納、綜合各方的立場，如果上司在旁觀察，要令他明白和認同你的想法，留下深刻印象。例如：「大家畀我講兩句。傾咗咁耐，大家各有立場，但係其實矛盾唔多。我哋可以綜合各種論點，達至共識。」

- 表現親切和欣賞對方，可以碰碰上臂，但不要擁抱、拍頭部或肩膀。

- 闡述你的觀點時，可走近群眾，作總結時，往後移一步。

- 耐心聆聽。注意不要打斷對方說話，就算對方可能詞不達意、說得太慢，或你能準確猜到他想說什麼。因為打斷對方說話就顯示不耐煩的態度，會令對話終斷。

- 聽別人發言時，可點頭稱是，做一些筆記，不要發呆或皺眉，面露不悅，甚至藐視、冷笑。

- 跟別人有不同意見的時候，你可以迂迴地提醒，說話留有餘地，讓對方聽到你的立場。如果你的提醒有道理，對方其他自然不會與你對抗，這樣團隊才能配合做事。把對方講到啞口無言，硬要對方認輸、認錯是討人厭的行為，人緣不佳，難以與同事相處。

- 不要亂批評其他人的弱點，切忌人身攻擊，使人尷尬，例如嘲笑人蠢、缺乏常識、思考沒有邏輯等，這都是損人不會利己。

- 如果碰到有人要求你跟他站在同一陣線與其他人對立，你要控制自己，要贏人心、贏友情，就別說話誇張地攻擊對立方、煽風點火，這會建立你愛搬弄是非的形象。

- 不能怕開罪人，表現太滑頭，立場不定。

- 不要在討論完結時，顯示一副鬆一口氣的模樣。

- 避免引用極端例子說明論點。如果你擔心觀點不被認同時，要使人相信你的出發點是善意的。

- 要說服人就要列出具體證據，說明資料代表的意義。使用為人熟悉的例子和可靠消息來源。注意不要依賴一位專家和一個統計調查的報告。

- 不要說話侮辱客戶和同事。不管客戶使你多生氣，即使同事都同意客戶無理取鬧，或者同事很笨，幫不上忙，也不能用粗言穢語罵人來發洩不滿。注意言行，是對所有人的尊重。

小貼士

1. 面部表情

- 自信、自重、友善、真誠、主動、斯文、樂觀、有趣、充滿熱誠活力、勤奮、開放接納他人，這些性格特質一定討人喜愛。
- 被讚賞時要謙虛，不要表現自滿、沾沾自喜。

2. 身體語言

- 留心說話與身體語言不配合，不應口不對心，以為可以瞞騙同事。
- 技巧地模仿對方動作、聲線特質，容易令對方覺得是自己人，產生認同信任。尤其在群眾中找出領導者，得到他認同，他會協助所有人都認同你。

  例如對方的手怎樣放，說話時用什麼手勢？有沒有微細的表情變化，如眨眼頻密、眉毛揚起嗎？聲線偏高還是低，話速比你快還是慢？

  小心過分造作，讓對方看出你模仿他，有危機會變成你取笑他。

- 不要做沒有意義的動作，會顯得緊張和不成熟，還會引人發笑，例如搖頭、搔頭、搔頸、搔大腿、玩弄頭髮、玩弄手指、咬唇、噘嘴，及頻密用力眨眼。

1. 模擬跟同事討論工作時需要發表意見： 🎧 0713.MP3

① 同事問你看法時，你怎樣回應？

「 對 於 呢 個 問 題 ， 畀 你 會 點 去 處 理 ？」
Dêu³ yu¹ ni¹ go³ men⁶ tei⁴ béi² néi⁵ wui⁵ dim² hêu³ qu³ léi⁵

「 我 咁 樣 處 理 呢 件 事 ， 你 有 乜 嘢 睇 法 ？」
Ngo⁵ gem² yêng² qu³ léi⁵ ni¹ gin⁶ xi⁶ néi⁵ yeo⁵ med¹ yé⁵ tei² fad³

② 同事請你估計事情的未來發展，你怎樣分析？

「 你 估 呢 個 情 況 ， 最 差 會 變 成 點 ？ 」
Néi⁵ gu² ni¹ go³ qing⁴ fong³ zêu³ ca¹ wui⁵ bin³ séng⁴ dim²

「 你 估 對 頭 公 司 下 一 步 會 點 ？ 」
Néi⁵ gu² dêu³ teo⁴ gung¹ xi¹ ha⁶ yed¹ bou⁶ wui⁵ dim²

「 你 覺 得 市 場 對 呢 個 新 產 品
Néi⁵ gog³ deg¹ xi⁵ cêng⁴ dêu³ ni¹ go³ sen¹ can² ben²

會 有 咩 嘢 反 應 ？ 」
wui⁵ yeo⁵ mé¹ yé⁵ fan² ying³

③ 如果跟同事工作上意見不合，你覺得同事很笨，他的做法還有可
能讓你背黑鍋，你應該怎樣告訴他？例如同事堅持自己的設計，
不想按客戶要求修改宣傳海報，打算陽奉陰違，你怎樣阻止他？

2. 以下常在辦公室聽到的廣東話到底是什麼意思？ 🎧 0714.MP3

① 搞 掂 ， 食 碗 麵
gao² dim⁶ xig⁶ wun² min⁶

② 淡 定 有 錢 剩
dam⁶ ding⁶ yeo⁵ qin² jing⁶

③ 吹 水 唔 抹 嘴
cêu¹ sêu² m⁴ mad³ zêu²

④ 趁 佢 病 ， 攞 佢 命
cen³ kêu⁵ béng⁶ lo² kêu⁵ méng⁶

⑤ 周 身 郁 ， 扮 忙 碌
zeo¹ sen¹ yug¹ ban⁶ mong⁴ lug¹

⑥ 識 少 少 ， 扮 代 表
xig¹ xiu² xiu² ban⁶ doi⁶ biu²

⑦ 有 早 知 ， 冇 乞 兒

⑧ 新 嚟 新 豬 肉

⑨ 唔 係 猛 龍 唔 過 江

⑩ 堅 持 到 底 ， 實 有 嘢 睇

⑪ 頭 大 冇 腦 ， 腦 大 裝 草

⑫ 又 要 威 ， 又 要 戴 頭 盔

⑬ 幾 大 就 幾 大 ， 燒 賣 就 燒 賣

⑭ 早 買 早 享 受 ， 遲 買 平 幾 舊

⑮ 眼 看 手 勿 動 ， 郁 親 手 指 痛

⑯ 畀 得 雞 碎 ， 要 人 鞠 躬 盡 瘁

答案

1.

①

- 不需要怕開罪同事而避免發表意見，隨便説：「我會完全照公司規矩去做」或「我人生經驗尚淺，冇意見」，這會讓人覺得你懶惰、不想動腦筋。
- 想提出不同意見時，可以先講出同事的做法有什麼好處，展示你的分析能力，再提出自己的想法，強調有什麼不同的好處。

②

- 對將來的估計要注意邏輯性。例如受歡迎的、大眾同意的事物不一定就是好的、正確的，不能作為主要論點。
- 不要設定事件只有一個發展方向。
- 推測將來的事，不要講得太死。講幾年後的市場變化，誰會説得準？
- 不要極端結論，不要假設事情必然會引發無可避免的後果。例如不要説推出一個新產品，傳統產品就完全被淘汰，由新產品壟斷市場。

③

- 有時候不想衝突，不可以直接指出同事的錯誤，試試將事物從不同角度和層面分析，轉移重點。這方法有效處理反對聲音，促進達成共識，將負面變成正面。
  例如同事不理客戶意見出宣傳海報，你可以叫同事想到海報貼出後，看海報的大眾，沒有幾人注意到修改過和沒有修改過的差別，但是客戶一定知道。如果客戶向公司投訴，或者不願意付海報的錢，公司的損失不容易估計。

從新角度看事物的例子： 🎧 0715.MP3

- 同事：「 老闆要我處理 啲 最重要，
  Lou⁵ ban² yiu³ ngo⁵ qu³ léi⁵ di¹ zêu³ zung⁶ fad³

  但 係 又 最 麻 煩 嘅 客 ， 好 頭 痛 ！ 」
  dan⁶ hei⁶ yeo⁶ zêu³ ma⁴ fan⁴ gé³ hag³ hou² teo⁴ tung³

  你可以說：

  「 老 闆 一 定 好 信 任 你 。 」
  Lou⁵ ban² yed¹ ding⁶ hou² sên³ yem⁶ néi⁵

- 同事：「 我 覺 得 好 大 壓 力 。 」
  Ngo⁵ gog³ deg¹ hou² dai⁶ ad³ lig⁶

  你可以說：

  「 咁 你 會 保 持 警 覺 性 ， 反 應 快 啲 。 」
  Gem² néi⁵ wui⁵ bou² qi⁴ ging² gog³ xing³ fan² ying³ fai³ di¹

- 同事：「 個 客 好 自 大 ， 頂 佢 唔 順 。 」
  Go³ hag³ hou² ji⁶ dai⁶ ding² kêu⁵ m⁴ sên⁶

  你可以說：

  「 佢 做 決 定 好 快 喎 。 」
  Kêu⁵ zou⁶ küd³ ding⁶ hou² fai³ wo³

- 同事：「 我 憎 佢 好 虛 偽 。 」
  Ngo⁵ zeng¹ kêu⁵ hou² hêu¹ ngei⁶

  你可以說：

  「 佢 識 講 大 話 令 其 他 人 好 過 啲 。 」
  Kêu⁵ xig¹ gong² dai⁶ wa⁶ ling⁶ kéi⁴ ta¹ yen⁴ hou² guo³ di¹

- 同事：「 佢 好 鍾 意 講 是 非 。 」
  Kêu⁵ hou² zung¹ yi³ gong² xi⁶ féi¹

  你可以說：

  「 有 佢 喺 度 ， 其 他 人 做 嘢 謹 慎 咗 。 」
  Yeo⁵ kêu⁵ hei² dou⁶ kéi⁴ ta¹ yen⁴ zou⁶ yé⁵ gen² sen⁶ zo²

- 同事：「佢成日爭上位，野心好大。」
  Kêu⁵séng⁴yed⁶zang¹sêng⁵wei² yé⁵ sem¹ hou² dai⁶

  你可以説：

  「有佢喺度，其他人學識咗保護自己。」
  Yeo⁵ kêu⁵ hei² dou⁶ kéi⁴ ta¹ yen⁴ hog⁶ xig¹ zo² bou² wu⁶ ji⁶ géi²

- 同事：「佢性格剛烈，擔心佢好容易
  Kêu⁵ xing³ gag³ gong¹ lid⁶ dam¹sem¹ kêu⁵ hou²yung⁴ yi⁶

  得罪啲客。」
  deg¹ zêu⁶ di¹ hag³

  你可以説：

  「咁遇到啲無理取鬧嘅客果陣，
  Gem² yu⁶ dou² di¹ mou⁴ léi⁵ cêu² nao⁶ gé³ hag³ go² zen⁶

  佢唔會畀公司蝕底嗝。 」
  kêu⁵ m⁴ wui⁵ béi² gung¹ xi¹ xid⁶ dei² wo³

2.
　① 搞定(食碗麵，只為押韻，沒有意思。)
　② 冷靜(有錢剩，只為押韻，沒有意思。)
　③ 吹牛不打草稿
　④ 乘對手弱勢，將對手趕盡殺絕
　⑤ 假裝忙碌(郁，意思是動。)
　⑥ 鄙視人懂的不多，偏愛出風頭
　⑦ 世事難料(用於安慰人。乞兒，即乞丐。)
　⑧ 新成員註定被欺負
　⑨ 沒有本事就不會來異地工作或比賽挑戰
　⑩ 堅持到底，一定有收穫
　⑪ 腦袋進水
　⑫ 愛顯威風，又怕死
　⑬ 豁出去，什麼都不管(燒賣就燒賣，只為押韻，沒有意思。)
　⑭ 早買早享受到，晚一點買可以便宜幾百元
　⑮ 只能看，別動手，你出手就打你
　⑯ 付那麼少錢，就要人鞠躬盡瘁？

向上司匯報工作情況

課文　　　　　　　　　　　　　　　🎧 0811.MP3

Lisa：
Ging¹ léi⁵ ngo⁵ sêng²hêng³ néi⁵ bou³ gou³
經 理 ， 我 想 向 你 報 告
經理，我想向你報告

gung¹ xi¹ tung⁴ ngo⁵ déi⁶ gung¹ xi¹
ABC公 司 同 我 哋 公 司
ABC公司和我們公司

heb⁶ zog³ gei³ wag⁶ gé³ zên³ jin²
合 作 計 劃 嘅 進 展 。
合作計劃的進展。

經理：
Hou² Lou⁵ ban² yed¹ jig⁶ dou¹ hou² guan¹ sem¹
好 ，Lisa。 老 闆 一 直 都 好 關 心
好，Lisa。老闆一直很關心

ni¹ go³ heb⁶ zog³ gei³ wag⁶
呢 個 合 作 計 劃 。
這個合作計劃。

Ngo⁵ gem¹ yed⁶ ha⁶ zeo³ wui⁵ gin³ kêu⁵
我 今 日 下 晝 會 見 佢 ，
我今天下午會跟他見面，

kêu⁵ yed¹ ding⁶ wui⁵ men⁶
佢 一 定 會 問 。
他一定會問。

Néi⁵ gong² gong² tung⁴　　gung¹ xi¹ gé³ gei³ wag⁶ zou⁶ séng⁴ dim²
你　講　講　同 ABC 公　司　嘅　計　劃　做　成　點　。
你说说和 ABC 公司的计劃做得怎样。

Lisa：
Hou²　　ngo⁵ sêng² bou³ gou³ sêng⁶ go³ yud⁶
好　，　我　想　報　告　上　個　月
好，我想報告上月

ngo⁵ déi⁶ tung⁴　　gung¹ xi¹ hoi¹ wui² ji¹ heo⁶
我　哋　同 ABC 公　司　開　會　之　後　，
我們和 ABC 公司開會後，

ngo⁵ yed¹ jig⁶ wen²　　gé³ yen⁴ log⁶ sed⁶ géi² tiu⁴
我　一　直　搵 ABC 嘅　人　落　實　幾　條
我一直找 ABC 公司的人落實幾條

zung⁶ yiu³ gé³ tiu⁴ fun²　　go² bin¹
重　要　嘅　條　款　。ABC 果　邊
重要的條款。ABC 那邊

dêu³ meo⁵ géi² tiu⁴ tiu⁴ fun² yeo⁵ di¹ ng⁶ gai²
對　某　幾　條　條　款　有　啲　誤　解　，
對某幾條條款有些誤解，

ging¹ ngo⁵ gai² xig¹ ji¹ heo⁶
經　我　解　釋　之　後　，
經過我解釋後，

kêu⁵ déi⁶ mun⁵ yi³ tung⁴ mai⁴ tung⁴ yi³ qim¹ yêg³
佢　哋　滿　意　同　埋　同　意　簽　約　。
他們滿意了，而且同意簽約。

經理：
Zou⁶ deg¹ hou²　　sen¹ fu² néi⁵　　go² bin¹
做　得　好　，　辛　苦　你　。ABC 果　邊
做得好，辛苦你了。ABC 那邊

xi⁴ xi⁴ dou¹ yeo⁵ kêu⁵ déi⁶ ji⁶ géi² gé³ sêng² fad³
時　時　都　有　佢　哋　自　己　嘅　想　法　。
常常有他們自己的想法。

Kêu⁵ déi⁶ mou⁵ wei⁴ nan⁴ néi⁵ a¹ ma³
佢 哋 冇 為 難 你 吖 嗎 ？

他們沒有為難你吧？

Lisa：
Hoi¹ qi² gé³ xi⁴ heo⁶　kêu⁵ déi⁶ dou¹ géi² ma⁴ fan⁴
開 始 嘅 時 候 ， 佢 哋 都 幾 麻 煩 ，

開始的時候，他們挺麻煩，

yiu² ngo⁵ hêu³ m⁴ tung⁴ bou⁶ mun⁴ gai² xig¹
要 我 去 唔 同 部 門 解 釋 ，

要我到不同部門去解釋，

wa⁶ ngo⁵ déi⁶ gé³ heb⁶ yêg³
話 我 哋 嘅 合 約

他們說我們的合約

tung⁴ hoi¹ wui² gong² gé³ m⁴ tung⁴　m⁴ heng² qim¹
同 開 會 講 嘅 唔 同 ， 唔 肯 簽 。

跟開會講的不同，不同意簽約。

Ngo⁵ tung⁴ kêu⁵ déi⁶ king¹ zo² géi² qi³ ji¹ heo⁶
我 同 佢 哋 傾 咗 幾 次 之 後 ，

我和他們談了幾次後，

fad³ gog³ hei⁶ kêu⁵ déi⁶ ng⁶ gai² zo² géi² go³ zung⁶ dim²
發 覺 係 佢 哋 誤 解 咗 幾 個 重 點 。

發現他們誤解了幾個重點。

Ngo⁵ zoi³ do¹ qi³ qing⁴ qing¹ di¹ zung⁶ dim²
我 再 多 次 澄 清 啲 重 點 ，

我再多次澄清這些重點，

kêu⁵ déi⁶ zeo⁶ ming⁴ bag⁶ ji² hei⁶
佢 哋 就 明 白 只 係

他們就明白只是

yed¹ di¹　ji⁶ ngan⁵ sêng⁶ gé³ ng⁶ wui⁶
一 啲 字 眼 上 嘅 誤 會 。

一些字眼上的誤會。

第八課 向上司匯報工作情況

105

經理：
Zou⁶ deg¹ m⁴ co³
做 得 唔 錯 。
做得不錯。

Ha⁶ zeo³ ngo⁵ gin³ dou² lou⁵ ban² tung⁴ kêu⁵ gong²
下 晝 我 見 到 老 闆 同 佢 講 ，
下午我見到老闆時跟他講，

kêu⁵ yed¹ ding⁶ wui⁵ hou² hoi¹ sem¹
佢 一 定 會 好 開 心 。
他一定會很高興。

Lisa：
Ging¹ léi⁵ ngo⁵ yeo⁵ xiu² xiu² gin³ yi⁵
經 理 ， 我 有 少 少 建 議 。
經理，我有一些建議。

經理：
Med¹ yé⁵ gin³ yi⁵ né¹
乜 嘢 建 議 呢 ？
什麼建議？

Lisa：
Ngo⁵ fad³ yin⁶ ni¹ qi³ gé³ ng⁶ wui⁶ ju² yiu³ hei⁶ yen¹ wei⁶
我 發 現 呢 次 嘅 誤 會 主 要 係 因 為
我發現這次的誤會主要是因為

ngo⁵ déi⁶ gé³ heb⁶ yêg³ yeo⁵ zung¹ men⁴
我 哋 嘅 合 約 有 中 文
我們的合約有中文

tung⁴ ying¹ men⁴ lêng⁵ go³ ban² bun²
同 英 文 兩 個 版 本 ，
和英文兩個版本，

yi⁴ gung¹ xi¹ ju² yiu³ tei² zung¹ men⁴ ban² bun²
而 ABC 公 司 主 要 睇 中 文 版 本 。
而 ABC 公司主要看中文版本。

Yen¹ wei⁶ meo⁵ di¹ ying¹ men⁴ ji⁶ ngan⁵ fan¹ yig⁶ deg¹ m⁴ hou²
因 為 某 啲 英 文 字 眼 翻 譯 得 唔 好 ，
因為某些英文字眼翻譯得不好，

ying²hêng²　　dêu³ heb⁶ yêg³ gé³　léi⁵　gai²
影 響 ABC 對 合 約 嘅 理 解 。

影響 ABC 對合約的理解。

經理：
Hei⁶ gem²　　yi⁵ heo⁶ so² yeo⁵ tung⁴　　gé³
係 咁 ， 以 後 所 有 同 ABC 嘅

如果是這樣，以後所有和 ABC 的

men⁴ gin² loi⁴ wong⁵　　néi⁵ bong¹ ngo⁵ gen¹ yed¹ gen¹
文 件 來 往 ， 你 幫 我 跟 一 跟 ，

文件來往，你替我跟進，

tei² ha⁵ di¹ zung¹　　ying¹ men⁴ fan¹ yig⁶
睇 吓 啲 中 、 英 文 翻 譯 ，

看看中、英文翻譯，

fad³ yin⁶ men⁶ tei⁴ zeo⁶ jig¹　xi⁴ tung⁴ ngo⁵ bou³ gou³
發 現 問 題 就 即 時 同 我 報 告 。

發現問題就立即向我報告。

Lisa：
Ming⁴ bag⁶　　ging¹ léi⁵
明 白 ， 經 理 。

明白了，經理。

經理：
ni¹　go³ hei⁶ ngo⁵ déi⁶ gung¹ xi¹　gé³
ABC 呢 個 係 我 哋 公 司 嘅

ABC 這個是我們公司的

zung⁶ dai⁶ gei³ wag⁶
重 大 計 劃 ，

重大計劃，

néi⁵ gen¹ yed¹ gen¹ ngo⁵ zeo⁶ fong³ sem¹
你 跟 一 跟 我 就 放 心 。

你跟進我就放心了。

Lisa：
Mou⁵ men⁶ tei⁴　　ging¹ léi⁵　　Néi⁵ fong³ sem¹
冇 問 題 ， 經 理 。 你 放 心 。

沒問題，經理。你放心。

107

1. 員工怎樣匯報工作：

- 有些員工把匯報工作看作是一件微不足道的事情，但只是默默地完成上司給予的任務，已經不能滿足職場競爭發展的需要了。出色地完成任務僅是一個前提，你還要把你的工作成果主動展示給上司，才會提升你的競爭力，獲得上司的賞識。所以，你一定要主動向上司匯報你的工作成果。如果你完成的是一件特別棘手的任務，更應該及時向上司匯報，讓上司在分享喜悅的同時，了解你的工作能力和聰明才智，給上司留下深刻的印象。

- 工作報告的重點是要把已完成和待完成的工作情況報告給上司或相關人士等。

- 工作匯報需要以重點形式為主，把所計劃的事項逐點報告。

- 工作報告着重清晰，並以誠懇的態度報告已完成的工作。先説結果，而不是去描述過程。一般來説，上司都很忙，沒有時間聽你的長篇大論。如果你的匯報過於冗長，很可能會引起上司的反感，這樣就會得不償失。例如：「經理，你重視嘅大客戶，喺上次開會之後已經順利同我哋簽咗合約嘞。」

- 敍述事情，可以按時間説出事件發生的先後次序，也可以按發生地點敍述，例如香港、新加坡、日本；或者按不同職位或角色，例如客戶、市場部、財務部等。

- 報告一個問題，先説出造成問題的原因，再對比各種解決方案的好處和壞處。解釋你的方案怎樣比其他方法優勝。

- 一般問題會先説明原因，再説出結果。但是也可以先講結果再分析原因。

- 要清晰直接。若要人聽你説故事，會令人不耐煩，所以最好先説出重點，然後才分析原因。
  例子：「貨物要十日先運到過嚟，趕唔切交貨。原來預計五日就運到嚟，點知上星期打風，積壓咗好多嘢未清關，海關做嘢慢咗，失晒預算。」

- 報告時以有邏輯地細分成幾方面論述，分析事情輕重，逐點申明自己的立場，比較你對兩件事的看法，從兩個方面、三個原則說明，顯示你的思路清晰、井然有序、表現成熟。論點間轉接要清楚。例子：「第一點……咁樣係最重要嘅。第二點……所以我哋必須咁做。第三點……」

- 工作報告也可提及完成工作過程中所遇到的困難，以供上司參考。

- 不要只提出問題。提出問題的同時也應想出一些可行的解決方案。雖然方案或建議不一定會被上司接納，但上司會覺得你態度認真，也能讓上司了解你的工作能力。

- 除了按時完成的工作外，上司也希望得知未能按時完成的工作進行到哪一階段，以及預期完成的時間。所以在工作報告中，也應該把未能完成的工作如實匯報，並說明未能完成的合理原因。

- 工作報告也可提出下一個計劃將會遇到的困難和問題，但記着不要只提問題，因為優秀、有能力的員工提出問題時，也提供一些解決辦法或建議供上司參考。

- 不應言過其實，誇張自身功勞；也不應隱瞞過失。

- 匯報也具有時效性，及時的匯報才能發揮出最大的效力。當你完成了一件棘手的任務，或者解決了一個關鍵性的疑難，這時馬上找上司匯報效果最好，拖以時日再向上司匯報，上司可能已經對這件事情失去興趣，你的匯報也有畫蛇添足之嫌。

2. **上司怎樣駕馭下屬：**
- 多正面讚賞。清楚指出員工哪一點做得好，讓員工知道你關心他們。

- 認識員工，針對他們不同的性格使用適當策略，使他們接受你的建議。例如公司正面對經營困難，你怎樣告訴員工要減薪？
對於有正義感、是非對錯鮮明的人，就告訴他們這是公司正處於困難，減薪是件迫於無奈的事，請他們與公司共度難關。

- 對於功利主義的人，就用最佳員工獎來補償他們認同減薪，並承諾營業狀況改善後，可以發花紅。
  對於有宏觀思想的人，讓他們坐在一起商量，看看有什麼好對策，使他們發現減薪是最佳辦法。

- 遇到員工給你難題，或超出你的能力或職權，就要坦誠告之，並承諾與更高層或專家商議解決方法。

- 員工犯錯，先聽他們解釋，再要給予改善建議，並叮囑以後不可再犯。不要只責罰下屬，管理要使人心悅誠服。

- 指出員工問題時要以宏觀角度出發，以公司利益為前提，重視整體團隊合作，不能作人身攻擊。

- 上司光是罵一個員工蠢，不會看到員工有什麼改善，反而應誘導他發現有更好的做法，員工就會慢慢變聰明。

用語選擇

- 不同上司有不同做事風格，可按需要使用正式或非正式用語。但工作匯報是公事及屬於較正式場合，過分使用非正式用語及俗語並不適宜。語體要統一，不要時俗時正式。
- 多用「我哋」，少用「我」。
  例子：「面對呢個問題，我哋可以咁做」、「計劃未能及時完成，因為我哋嘅對手有相應策略」。

小貼士

1. 身體語言與互動
- 說話或回答問題時要表現自信，令上司覺得你很熟悉你所做的工作。

· 不要緊抱雙臂在胸前，這是自我保護，拒絕與人溝通的姿勢。

· 聆聽時身體微向前傾，頭部傾側。

練習

1. 模擬向上司匯報。

① 模擬你公司的產品被發現有毒物。這個產品是你的團隊負責的。作為團隊的主管/領導人，請將這個問題向你的上司/老闆報告。

② 同事欺負你，把工作都推給你做，你已應付不來，應怎樣向上司反映呢？

2. 很多同義複詞，廣東話、普通話口語中就各取其中字。

例子：（時常）

	時	時	都	有	佢	自	己	嘅	想	法	。
	xi⁴	xi⁴	dou¹	yeo⁵	kêu⁵	ji⁶	géi²	gé³	sêng²	fad³	

常常有他自己的想法。

（請選括號中一字填在空格內完成句子。）

① 呢幅地，佢唔係買番嚟，係佢阿爺_____番嚟嘅。（霸佔）

② 我嘅手機壞咗，你知唔知邊度有得_____呀？（修整）

③ 你棟喺門口_____住晒，咪_____手_____腳，行出去啦。（阻礙）

④ 佢日日飲酒，飲到聲都_____晒，冇得_____。（沙啞、醫治）

⑤ 你就好啦！你嘅上司咁錫你！我嘅老闆對我不知幾_____。（兇惡）

⑥ 呢隻_____鴨_____得太燶，皮都黑晒。（燒烤）

⑦ 佢啱啱攞到車牌，佢手車好唔_____，你咁都敢坐？！（穩定）

⑧ 佢媽媽煮嘅嘢好_____，唔食得多。（油膩）

⑨ 你年紀有番咁上下，飲奶茶唔好飲咁甜，落半茶_____糖就好喇！（羹匙）

⑩ 無論點，佢係你嘅上司，你_____唔願意都要_____佢嘅指示做。（幾多、按照）

答案

1.
①
- 不要隱瞞，要向上司如實報告。
- 承擔責任，注意團隊責任。就算把問題推到下屬，作為主管也脫不了責任。
- 説出難處，事件發生的原因。不要推卸責任，説出原因是希望老闆諒解。
- 提供數個可行的補救方案，可先和團隊商量再報告老闆。補救方案包括：對受影響客戶的處理(換貨、道歉……)；對公司損失的補救方案；對公眾作交待(如適用)。
- 不要自作主張，記緊你有責任提出可行方案，但採納與否由上司/老闆決定。
- 堅決表示，同類事件不會再發生。

② 先向上司報告你的工作情況，由於工作量太多出現問題，讓上司「發現」問題的原因，為你解決，主持公道。不要一開口就向上司投訴，抱怨同事的不是。如果上司聽了假裝不知道或袒護不對的同事，你不要立即發火，甚至意圖教上司怎樣處理問題。先調查一下公司內的人際關係，可能你投訴的同事是老闆的親戚，上司不敢開罪。若覺得這公司不值得待下去，就準備換工作。

2.　　　　　　　　　　　　　　　　　　　🎧 0812.MP3

① 呢 幅 地 ， 佢 唔 係 買 番 嚟 ，
Ni¹ fug¹ déi⁶　kêu⁵ m⁴ hei⁶ mai⁵ fan¹ lei⁴
係 佢 阿 爺 霸 番 嚟 嘅 。
hei⁶ kêu⁵ a³ yé⁴ ba³ fan¹ lei⁴ gé³

這塊地，他不是買回來的，是他爺爺佔回來的。

② 我 嘅 手 機 壞 咗 ， 你 知 唔 知
Ngo⁵ gé³ seo² géi¹ wai⁶ zo²　néi⁵ ji¹ m⁴ ji¹
邊 度 有 得 整 呀 ？
bin¹ dou⁶ yeo⁵ deg¹ jing² a³

我的手機壞了，你知道在哪裡可以修？

③ 你 棟 喺 門 口 阻 住 晒 ，
Néi⁵ dung⁶ hei² mun⁴ heo² zo² ju⁶ sai³
咪 阻 手 阻 腳 ， 行 出 去 啦 。
mei⁵ zo² seo² zo² gêg³　hang⁴ cêd¹ hêu³ la¹

你呆站在門口礙着我，別礙手礙腳，走出去吧。

④
Kêu⁵ yed⁶ yed⁶ yem² zeo²　　yem² dou³ séng¹ dou¹ sa¹ sai³　　mou⁵ deg¹ yi¹

佢 日 日 飲 酒 ， 飲 到 聲 都 沙 晒 ， 冇 得 醫 。

他整天喝酒，喝得嗓子啞了，沒法治好。

⑤
Néi⁵ zeo⁶ hou² la¹　　Néi⁵ gé³ sêng⁶ xi¹ gem³ ség³ néi⁵

你 就 好 啦 ！ 你 嘅 上 司 咁 錫 你 ！

我十分羨慕你！你的上司那麼寵你！

Ngo⁵ gé³ lou⁵ ban² dêu³ ngo⁵ bed¹ ji¹ géi² og³

我 嘅 老 闆 對 我 不 知 幾 惡 。

我的老闆對我不知多兇。

⑥
Ni¹ zég³ xiu¹ ngab³ xiu¹ deg¹ tai³ nung¹　　péi⁴ dou¹ hag¹ sai³

呢 隻 燒 鴨 燒 得 太 燶 ， 皮 都 黑 晒 。

這烤鴨烤過頭，皮也焦了。

⑦
Kêu⁵ ngam¹ ngam¹ lo² dou² cé¹ pai⁴　　kêu⁵ seo² cé¹

佢 啱 啱 攞 到 車 牌 ， 佢 手 車

他剛拿到駕駛執照，他的駕駛技術

hou² m⁴ ding⁶　　néi⁵ gem³ dou¹ gem² co⁵

好 唔 定 ， 你 咁 都 敢 坐 ？ ！

不穩，你真的敢坐他的車？！

⑧
Kêu⁵ ma¹ ma¹ ju² gé³ yé⁵ hou² yeo⁴　　m⁴ xig⁶ deg¹ do¹

佢 媽 媽 煮 嘅 嘢 好 油 ， 唔 食 得 多 。

他媽媽做的菜很膩，不能多吃。

⑨
Néi⁵ nin⁴ géi² yeo⁵ fan¹ gem³ sêng⁶ ha²　　yem² nai⁵ ca⁴

你 年 紀 有 番 咁 上 下 ， 飲 奶 茶

m⁴ hou² gem³ tim⁴　　log⁶ bun³ ca⁴ geng¹ tong⁴ zeo⁶ hou² la³

唔 好 咁 甜 ， 落 半 茶 羹 糖 就 好 喇 ！

你年紀不小，喝奶茶就不要那麼甜，放半茶匙糖就好了！

⑩
Mou⁴ lên⁶ dim²　　kêu⁵ hei⁶ néi⁵ gé³ sêng⁶ xi¹

無 論 點 ， 佢 係 你 嘅 上 司 ，

不管怎樣他是你的上司，

néi⁵ géi² m⁴ yun⁶ yi³ dou¹ yiu³ jiu³ kêu⁵ gé³ ji² xi⁶ zou⁶

你 幾 唔 願 意 都 要 照 佢 嘅 指 示 做 。

你多不情願也要按他的指示做。

第九課

參加義工計劃甄選

課文　　　　　　　　　　　　　　　　🎧 0911.MP3

甄選委員
會主席：
Léi⁵ Ji³ Hou⁴ xin¹ sang¹　céng² néi⁵ gan² dan¹
李 志 豪 先 生 ， 請 你 簡 單
李志豪先生，請你簡單

gai³ xiu⁶ ji⁶ géi²　tung⁴gong² ha⁵ dim² gai² néi⁵
介 紹 自 己 ， 同 講 吓 點 解 你
介紹自己，和講一下為什麼你

héi¹mong⁶xing⁴ wei⁴ ngo⁵ déi⁶ gé³ yi⁶ gung¹
希 望 成 為 我 哋 嘅 義 工 。
希望成為我們的志願者。

李志豪：
Gog³ wei² hou²　Ngo⁵ hei⁶ Léi⁵ Ji³ Hou⁴
各 位 好 。 我 係 李 志 豪 ，
各位好。我是李志豪，

Hêng¹Gong²Zung¹Men⁴Dai⁶Hog⁶
香 港 中 文 大 學
香港中文大學

gung¹qing⁴ hog⁶ yun⁶ sam¹ nin⁴ ban¹ gé³ hog⁶sang¹
工 程 學 院 三 年 班 嘅 學 生 。
工程學院三年級的學生。

Ngo⁵ hei⁶ dai⁶ hog⁶ cam¹ ga¹ zo² néi⁵ déi⁶
我 喺 大 學 參 加 咗 你 哋
我在大學參加了你們

ni¹ go³ yi⁶ gung¹ gei³ wag⁶ gé³ gai³ xiu⁶ wui²
呢 個 義 工 計 劃 嘅 介 紹 會 ，
這個志願者計劃的介紹會，

ji¹ dou³ néi⁵ déi⁶ zou² jig¹ zo² hou² do¹
知 道 你 哋 組 織 咗 好 多
知道你們組織了很多

bong¹ zo⁶ pen⁴kung⁴ yi⁴ tung⁴ gé³ wud⁶dung⁶
幫 助 貧 窮 兒 童 嘅 活 動 。
幫助貧窮兒童的活動。

Yi⁴ ni¹ qi³ néi⁵ déi⁶ gao³ gé³ Zung¹Guog³noi⁶ déi⁶
而 呢 次 你 哋 搞 嘅 中 國 內 地
而這次你們辦的中國內地

san¹ kêu¹ yi⁴ tung⁴ yi⁶ gao³ wud⁶dung⁶
山 區 兒 童 義 教 活 動 ，
山區兒童支教活動，

deg⁶ bid⁶ yeo⁵ yi³ yi⁶
特 別 有 意 義 ，
特別有意義，

héi¹mong⁶neng⁴geo³cam¹ ga¹
希 望 能 夠 參 加 ，
希望能夠參加，

gung³ hin³ ngo⁵ gé³ so² cêng⁴
貢 獻 我 嘅 所 長 。
貢獻我的所長。

Ngo⁵ gog³ deg¹ ji⁶ géi² hou²heng⁶wen⁶
我 覺 得 自 己 好 幸 運 ，
我覺得自己很幸運，

cêd¹seng¹hei² yed¹ go³ zung¹can² ga¹ ting⁴
出 生 喺 一 個 中 產 家 庭 ，
出生在一個中產家庭，

mou⁵ tai³ dai⁶ gé³ coi⁴ jing³ ad³ lig⁶
冇 太 大 嘅 財 政 壓 力 ，
沒有太大的財政壓力，

dai⁶ hog⁶ seng¹ wud⁶ guo³ deg¹ hou² hoi¹ sem¹
大 學 生 活 過 得 好 開 心 。
大學生活過得很開心。

Dan⁶ hei⁶　　ngo⁵ gog³ deg¹ yin⁶ gem¹ gé³
但 係 ， 我 覺 得 現 今 嘅
但是，我覺得現在的

dai⁶ hog⁶ sang¹ ying¹ goi¹ xing⁴ dam¹ héi²
大 學 生 應 該 承 擔 起
大學生應該承擔起

di¹ sé⁵ wui² zag³ yem⁶
啲 社 會 責 任 。
社會責任。

Hêng¹ Gong² ni¹ go³ med⁶ zêd¹ ju² yi⁶ gé³ sé⁵ wui²
香 港 呢 個 物 質 主 義 嘅 社 會
香港這個物質主義的社會

sêu¹ yiu³ do¹ di¹ wen¹ qing⁴　　dai⁶ hog⁶ sang¹ ho² yi⁵
需 要 多 啲 溫 情 ， 大 學 生 可 以
需要多一點溫情，大學生可以

zou⁶ gé³ xi⁶　　zeo⁶ hei⁶ hei² fo³ yu⁴ bong¹ zo⁶
做 嘅 事 ， 就 係 喺 課 餘 幫 助
做的事，就是在課餘幫助

yeo⁵ sêu¹ yiu³ gé³ yen⁴
有 需 要 嘅 人 。
有需要的人。

So² yi⁵ ngo⁵ sêng⁵ yung⁶ lei⁴ gen² gé³ xu² ga³
所 以 我 想 用 嚟 緊 嘅 暑 假 ，
所以我想在即將來到的暑假，

hêu³ pin¹ yun⁵ san¹ kêu¹ bong¹ zo⁶ go² dou⁶ gé³
去 偏 遠 山 區 幫 助 果 度 嘅
去偏遠山區幫助那裡的

xiu² peng⁴ yeo⁵ 　　gao³ kêu⁵ déi⁶ ying¹ men⁴ tung⁴ sou³ hog⁶

小 朋 友 ， 教 佢 哋 英 文 同 數 學 ，

孩子，教他們英語和數學，

zung⁶ ho² yi⁵ bong¹ nung⁴ qun⁶ seo¹ ceb¹

仲 可 以 幫 農 村 修 葺 。

還可以幫忙農村修葺。

　　　　　Hou²　Gem² néi⁵ qing¹ m⁴ qing¹ co² san¹ kêu¹ gé³

甄選委員 好 。 咁 你 清 唔 清 楚 山 區 嘅

會主席： 好。那你清不清楚山區的

seng¹ wud⁶ wan⁴ ging² tung⁴ dai⁶ xing⁴ xi⁵ hou² m⁴ tung⁴

生 活 環 境 同 大 城 市 好 唔 同 ？

生活環境跟大城市很不一樣？

Ngo⁵ déi⁶ ni¹ qi³ yi⁵ gao³ wud⁶ dung⁶

我 哋 呢 次 義 教 活 動

我們這次支教活動

sêu¹ yiu³ leo⁴ hei² san¹ kêu¹ yed¹ go³ yud⁶

需 要 留 喺 山 區 一 個 月 ，

需要留在山區一個月，

néi⁵ zab⁶ m⁴ zab⁶ guan³

你 習 唔 習 慣 ？

你習不習慣？

　　　　　Sêu¹ yin⁴ ngo⁵ méi⁶ hêu³ guo³ san¹ kêu¹

李志豪： 雖 然 我 未 去 過 山 區 ，

雖然我從未到過山區去，

dan⁶ hei⁶ ngo⁵ qing¹ co² san¹ kêu¹ gé³

但 係 我 清 楚 山 區 嘅

但是我清楚山區的

seng¹ wud⁶ wan⁴ ging² gan¹ fu²

生 活 環 境 艱 苦 。

生活環境艱苦。

Ngo⁵ dai⁶ yi⁶ gé³ xi⁴ heo⁶ cam¹ ga¹ guo³

我　大　二　嘅　時　候　參　加　過

我大二的時候參加過

Hêng¹Gong²Qing¹Xiu³ Nin⁴ Fug⁶ Mou⁶ Qu³ gé³

香　港　青　少　年　服　務　處　嘅

香港青少年服務處的

ngoi⁶ jin² sé⁵ gung¹dêu²　　ngo⁵ yeo⁶ sên³ sem¹

外　展　社　工　隊　，　我　有　信　心

外展社工隊(*註)，我有信心

ho² yi⁵ xig¹ ying³nung⁴qun¹seng¹wud⁶

可　以　適　應　農　村　生　活　，

可以適應農村生活，

zêng¹ yi⁶ gung¹gung¹zog³ zou⁶ hou²

將　義　工　工　作　做　好　！

做好志願者工作！

*註：「外展社工隊」即為邊緣青少年的社會工作服務。社會工作者會主動到社區裡青少年聚集的場地，接觸時常流連街頭，容易受不良影響的青少年，並為有需要的青少年提供輔導及活動。社工藉鼓勵和小組分享，有效地幫助青少年健康成長。

取材要點

· 要了解義工計劃的目的和志願團體的目標，並說明自己為何對該計劃有興趣。

· 要了解該義工計劃的工作重點和細節。

· 了解自己的能力，並說服甄選委員會自己能勝任該義務工作。可從履歷中舉例說明自己能力。

· 要給甄選委員會留下深刻印象，並不用介紹自己所有成就或舉過多例子，應避免內容冗長，選兩、三個重點介紹就夠。

· 所舉例子最好可以主導面試的問題範圍，讓自己能夠做好充足準備。

- 如有時間，可分享自己對義務工作的看法，以表示希望能主動參與，表現積極性。

- 義工計劃甄選面談和一般求職面試相似。求職面試的要點在義工計劃甄選面談也適用。說話要自然有禮，不能用太多俗語，會有輕挑之感。

- 說話不要含糊不清，無法讓人留下印象。
  例子：「我好易同人合作」、「我會努力去學」、「我乜嘢都肯做」、「我有信心做得好」。

- 減少用籠統的形容。
  例子：「好好」、「好開心」、「唔開心」、「差唔多啦」。

- 要正確說出義工活動名稱、受惠人士或機構。說話語氣要肯定。

1. 語速
- 說話速度宜放慢，最忌連珠炮發。連珠炮發是緊張的表現。
- 回答自己覺得有信心和非常熟悉的問題時，不要一時興奮，加快說話速度和說不停。萬一下一個問題不懂回答，語速放慢、內容空洞，就會造成很大落差，影響印象分。

2. 面部表情
- 注意眼神交流，讓對方覺得被重視，讓人更信任你，增強說服力。如果有多人在場，說話時要掃視每個人，讓每個人都感到受重視，偶然將視線放回到提問的人身上。
- 保持笑容，以表示平易近人的性格。

3. 身體語言與互動
- 如果有桌子，請將雙手放在桌上，態度大方自然。

第九課 參加義工計劃甄選

· 不要緊抱雙臂在胸前，這是自我保護的表現，拒絕與人溝通。

· 聆聽時身體微向前傾。

練習

1. 模擬義工計劃完成，在告別會上致詞。

2. 口譯

① 聽他説完，我還是不明白，這樣做是對還是錯。

② 那個是他的女朋友還是姐姐？

③ 不管接受還是放棄，我們還是會尊重你的決定。

④ 我想還是先問問股東的意見。

⑤ 去外國還是留在香港，我還是想多考慮一段時間。

普通話裡的「還是」，在廣東話可講成「都係dou¹ hei⁶」、「仲係zung⁶ hei⁶」或「定係ding⁶ hei⁶」，請分清它們的意思和用法：　　　　🎧 0912.MP3

「都係dou¹ hei⁶」

意思	例子
做決定、説明結果 見《説好廣東話》154頁	Gid³ guo² dou¹ hei⁶ mou⁵ qim¹ yêg³ 結 果 都 係 冇 簽 約 。 結果還是沒有簽合約。 Hao² lêu⁶ guo³ ji¹ heo⁶　　　ngo⁵ dou¹ hei⁶ 考 慮 過 之 後 ， 我 都 係 m⁴ zou⁶ la³ 唔 做 喇 。 考慮過後，我還是決定不做。

「仲係 zung⁶ hei⁶」

意思	例子
仍然不變	Cêd¹ bin⁶ zung⁶ hei⁶ log⁶ gen² yu⁵ 出　便　仲　係　落　緊　雨　。 外面還在下雨。 Néi⁵ zung⁶ hei⁶ gem³ hou² hing³ ji³ 佢　仲　係　咁　好　興　致　。 他興致還是那麼好。

「定係 ding⁶ hei⁶」

意思	例子
選擇	Néi⁵ yiu³ nai⁵ ca⁴ ding⁶ hei⁶ ling² ca⁴ 你　要　奶　茶　定　係　檸　茶　？ 你要奶茶還是檸檬茶？ Hei⁶ zen¹ ding⁶ hei⁶ ga² dou¹ 係　真　定　係　假　都 mou⁵ so² wei⁶ 冇　所　謂　。 是真還是假都無所謂。

答案

1. 義工計劃告別會致詞提示：

- 衷心感謝主辦單位，感謝所有給你機會參與計劃的人。
- 謹記這是正式場合。應儘可能用較正式及統一的語體，不要中英夾雜。
- 多用肯定語氣。
- 如義工計劃中曾發生突發事情，請感謝曾經幫忙的機構、單位和人員。
- 可以説説自己在計劃中的收穫，並希望繼續推廣該計劃（如適用）。

2. 🎧 0913.MP3

① Téng¹ yun⁴ kêu⁵ gong² ， ngo⁵ zung⁶ hei⁶ méi⁶ ming⁴
聽 完 佢 講 ， 我 仲 係 未 明 ／
dou³ hei⁶ m⁴ ming⁴ ， gem²yêng²zou⁶ hei⁶ngam¹ding⁶ hei⁶ co³
都 係 唔 明 ， 咁 樣 做 係 啱 定 係 錯 。

② Go² go³ hei⁴ kêu⁵ gé³ nêu⁵peng⁴yeo⁵ ding⁶ hei⁶ ga¹ zé¹
果 個 係 佢 嘅 女 朋 友 定 係 家 姐 ？

③ Mou⁴ lên⁴ néi⁵ jib³ seo⁵ ding⁶ hei⁶ fong³ héi³
無 論 你 接 受 定 係 放 棄 ，
ngo⁵ déi⁶ dou¹ hei⁶ wui⁵ jun¹ zung⁶ néi⁵ gé³ küd³ ding⁶
我 哋 都 係 會 尊 重 你 嘅 決 定 。

④ Gem³zung⁶ yiu³ gé³ teo⁴ ji¹ ， ngo⁵ nem² dou¹ hei⁶ men⁶ ha⁵
咁 重 要 嘅 投 資 ， 我 諗 都 係 問 吓
gu² dong¹ gé³ yi³ gin³ xin¹
股 東 嘅 意 見 先 。

⑤ Hêu³ ngoi⁶guog³ding⁶ hei⁶ leo⁴ hei² Hêng¹Gong²
去 外 國 定 係 留 喺 香 港 ，
ngo⁵ zung⁶ hei⁶ sêng²hao² lêu⁶ do¹ yed¹ zen⁶
我 仲 係 想 考 慮 多 一 陣 。

分享會後講者回應觀眾提問

🎧 1011.MP3

Xi¹ hing¹ bed¹ yib⁶ lêng⁵ nin⁴ heo⁶   zuo⁶ guo³ m⁴ tung⁴
師 兄 畢 業 兩 年 後 ， 做 過 唔 同
學兄畢業兩年後，在不同

hong⁴ yib⁶ gé³ géi² gan¹ gung¹ xi¹   gem¹ yed⁶ fan¹ lei⁴ hog⁶ hao⁶
行 業 嘅 幾 間 公 司 ， 今 日 返 嚟 學 校
行業的幾家公司工作過，今天回學校

tung⁴ xi¹ dei⁶ xi¹ mui² fen¹ hêng² gung¹ zog³ ging¹ yim⁶
同 師 弟 師 妹 分 享 工 作 經 驗
跟學弟學妹分享工作經驗

tung⁴ wen² gung¹ sem¹ deg¹
同 搵 工 心 得 。
和求職心得。

講者： Gem¹ yed⁶ gé³ fen¹ hêng² dou¹ ca¹ m⁴ do¹
今 日 嘅 分 享 都 差 唔 多 ，
今天的分享差不多了，

yi⁴ ga¹ fun¹ ying⁴ toi⁴ ha⁶ gun¹ zung³ tei⁴ men⁶
而 家 歡 迎 台 下 觀 眾 提 問 。
現在歡迎台下觀眾提問。

Yeo⁵ bin¹ wei² sêng² gong² né¹
有 邊 位 想 講 呢 ？
哪位想說？

Hou² zo² seo² bin⁶ dei⁶ sam¹hong⁴ ni¹ wei² tung⁴ hog⁶
好 ， 左 手 便 第 三 行 呢 位 同 學
好，左面第三行的這位同學

céng²gong²
請 講 。
請說。

觀眾A： Néi⁵ hou² ying⁴ a³
你 好 型 呀 ！
你酷呆了！

講者： Hou² do¹ zé⁶ néi⁵ gem² zan³ ngo⁵
好 多 謝 你 咁 讚 我 。
謝謝你這樣稱讚我。

Céng²men⁶ néi⁵ yeo⁵ mé¹ men⁶ tei⁴ sêng²men⁶ né¹
請 問 你 有 咩 問 題 想 問 呢 ？
請問你有什麼問題想問？

觀眾A： Néi⁵ di¹ sam¹ hei² bin¹ dou⁶ mai⁵ ga³
你 啲 衫 喺 邊 度 買 㗎 ？
你在哪裡買衣服？

Hei⁶ bin¹ go³ pai⁴ ji²
係 邊 個 牌 子 ？
是哪個品牌？

講者： Ni¹ di¹ yé⁵ béi² gao³ xi¹ yen⁴
呢 啲 嘢 比 較 私 人 ，
這個問題比較私人，

yeo⁶ m⁴ hei⁶ yen⁴ yen⁴ yeo⁵ hing³ cêu³
又 唔 係 人 人 有 興 趣 ，
又不是每個人感興趣，

bed¹ yu⁴ yed¹ zen⁶ yun⁵ zo² ngo⁵ déi⁶ xin¹ king¹ la¹
不 如 一 陣 完 咗 我 哋 先 傾 啦 。
不如等一會結束後我們再談。

觀眾A：
Gem² ngo⁵ ho² m⁴ ho² yi⁵ men⁶ ha⁵　néi⁵ fen⁶ gung¹
咁 我 可 唔 可 以 問 吓 ， 你 份 工
那我可以問一下，你的工作

yed¹ nin⁴ ho² yi⁵ hêu³ géi² do¹ qi³ lêu⁵ heng⁴
一 年 可 以 去 幾 多 次 旅 行 ？
一年可以去幾次旅遊？

Gung¹ xi¹ cêd¹　hei⁶ mei⁶ leo⁴ dei¹
公 司 出 trip 係 咪 留 低
公司出差是不是可以留下來

wan² do¹ lêng⁵ yed⁶　zeo² dim³ jiu³ kem¹ gung¹ sou³
玩 多 兩 日 ， 酒 店 照 claim 公 數 ？
多玩兩天，酒店照樣向公司報銷。

講者：
Ngo⁵ yi⁴ ga¹ gan¹ gung¹ xi¹
我 而 家 間 公 司
我在現在的公司

m⁴ hei⁶ zou⁶ zo² hou² noi⁶
唔 係 做 咗 好 耐 ，
做了不太久，

méi⁶ yeo⁵ deg¹ lo²　hêu³ lêu⁵ heng⁴
未 有 得 攞 annual leave 去 旅 行 ，
還沒有資格拿年假去旅遊，

séng⁴ yed⁶ cêd¹　zeo⁶ yeo⁵ gé²
成 日 出 trip 就 有 嘅 ，
常常出差是有的，

dan⁶ hei⁶ zou⁶ yun⁴ yé⁵ zeo⁶ zeo²
但 係 做 完 嘢 就 走 ，
但是完成工作就離開，

m⁴ hei⁶ hêu³ wan² ga³
唔 係 去 玩 㗎 。
不是去玩的。

Tung⁴gung¹ xi¹　kem¹ sou³
同　公　司　claim　數　，
向公司報銷，

di¹　dan¹　gêu³　yiu³　qing¹　qing¹　co²　co²
啲　單　據　要　清　清　楚　楚　，
單據要清清楚楚，

gung¹　xi¹　yiu³　fen¹　ming⁴　　ni¹　dim²　hou²　gen²　yiu³　ga³
公　私　要　分　明　，　呢　點　好　緊　要　㗎　。
公私要分明，這點很重要。

Bed¹　yu⁴　ngo⁵　déi⁶　zab⁶zung¹gong²fan¹　wen²gung¹men⁶　tei⁴　xin¹
不　如　我　哋　集　中　講　番　搵　工　問　題　先　。
我們還是先集中回到找工作的話題吧。

Néi⁵　dou¹　men⁶　zo²　géi²　go³　men⁶　tei⁴
你　都　問　咗　幾　個　問　題　，
你已經問了幾個問題，

béi²　ling⁶　yed¹　wei²　men⁶　la¹
畀　另　一　位　問　啦　。
讓另一位觀眾提問吧。

觀眾B：　Ngo⁵　xu²　ga³　zou⁶　guo³　lêng⁵　gan¹gung¹　xi¹　sed⁶　zab⁶
　　　　我　暑　假　做　過　兩　間　公　司　實　習　，
我暑假時去過兩家公司實習，

ni¹　di¹　gung¹　xi¹　mou⁵　go³　hou²　yen⁴
呢　啲　公　司　冇　個　好　人……
這些公司沒有一個好人……

　　Bed¹　ting⁴　teo⁴　sou³　tung⁴　xi⁶　　　　lou⁵　ban²
（　不　停　投　訴　同　事　、　老　闆
不停投訴同事、老闆

dêu³　kêu⁵　dim²yêng²　m⁴　hou²
對　佢　點　樣　唔　好　，
對他有多壞，

gong² mai⁴ di¹ yé⁵ fu⁶ neng⁴lêng⁶ bao³ deng¹
講 埋 啲 嘢 負 能 量 爆 燈 ，
講的話負能量爆棚，

téng¹ m⁴ dou² yem⁶ ho⁴ tei⁴ men⁶
聽 唔 到 任 何 提 問 ，
聽不到任何提問，

gong² zé² wei⁴ yeo⁵ da² tün⁵ kêu⁵
講 者 唯 有 打 斷 佢 。 ）
講者只好打斷佢。

Néi⁵ hei⁶ mei⁶ sêng² ji¹
講者： 你 係 咪 想 知
你是不是想知道

ngo⁵ dêu³ néi⁵ gé³ zou¹ yu⁶ gé³ tei² fad³
我 對 你 嘅 遭 遇 嘅 睇 法 ？
我對你的遭遇的看法？

Ngo⁵ hei⁶ sêng²men⁶ yeo⁵ med¹ yé⁵ ban⁶ fad³
觀眾B： 我 係 想 問 有 乜 嘢 辦 法
我是想問有什麼辦法

ho² yi⁵ béi⁶ min⁵ hêu³ zo² di¹ sêu¹gung¹ xi¹
可 以 避 免 去 咗 啲 衰 公 司 ？
可以避免去了差勁的公司？

Zêu⁵ hou² ji¹ mai⁴ dim² yêng²wen² dou² sên²gung¹
最 好 知 埋 點 樣 搵 到 筍 工 。
最好可以知道怎樣找到好工作。

Dai⁶ bou⁶ fen⁶ yen⁴ dou¹ m⁴ hei⁶ gem³ hou² coi²
講者： 大 部 份 人 都 唔 係 咁 好 彩 ，
大部份人運氣不是這樣好，

yed¹ wen² zeo⁶ wen² dou² hou²gung¹
一 搵 就 搵 到 好 工 。
一找就能找到好工作。

Jun³ géi qi³ xin¹ wen² dou² xig¹ heb⁶ ji⁶ géi² gé³ gung¹
轉 幾 次 先 搵 到 適 合 自 己 嘅 工
換幾次才找到自己合適的工作

zen¹ hei⁶ hou² ping⁴ sêng⁴
真 係 好 平 常 。
真的很平常。

Néi⁵ ngam¹ ngam¹ dou¹ téng¹ ngo⁵ gong²
你 啱 啱 都 聽 我 講
你剛才也聽到我說

zou⁶ guo³ m⁴ tung⁴ gung¹ xi¹ m⁴ tung⁴ hong⁴ yib⁶ la¹
做 過 唔 同 公 司 、 唔 同 行 業 啦 。
做過不同公司、不同行業了。

Gin³ yed¹ gan¹ gung¹ xi¹ ji¹ qin⁴
見 一 間 公 司 之 前 ,
去一家公司面試前,

zêu³ hou² yeo⁵ sug⁶ yen⁴ men⁶ ha⁵
最 好 有 熟 人 問 吓 ,
如果有熟悉那公司的人最好問問,

sêng⁵ mong⁵ tei² ha⁵ gung¹ xi¹ ji¹ liu²
上 網 睇 吓 公 司 資 料
上網看看公司的資料

dou¹ yeo⁵ bong¹ zo⁶ gé²
都 有 幫 助 嘅 。
也會有幫助的。

Bed¹ guo³ tung⁴ tung⁴ xi⁶ gab³ m⁴ gab³
不 過 同 同 事 夾 唔 夾 ,
不過和同事合不合得來,

zeo⁶ zen¹ hei⁶ zou⁶ guo³ xin¹ ji¹
就 真 係 做 過 先 知 。
就真的合作過才知道。

Tung⁴ yed¹ gan¹ gung¹ xi¹ m⁴ tung⁴ bou⁶ mun⁴
同 一 間 公 司 , 唔 同 部 門
同一家公司,不同部門

dou¹ yeo⁵ m⁴ tung⁴ yen⁴ xi⁶ zog³ fung¹
都 有 唔 同 人 事 作 風 。
也會有不同的人事作風。

Hou² ha⁶ yed¹ go³ men⁶ tei⁴
好 ， 下 一 個 問 題 。
好，下一個問題。

觀眾C： Ngo⁵ sé² zo² ng⁵ seb⁶ fung¹ keo⁴ jig¹ sên³
我 寫 咗 五 十 封 求 職 信 ，
我寫了五十封求職信，

dou³ yi⁴ ga¹ yed¹ fung¹ dou¹ méi⁶ yeo⁵ wui⁴ yem¹
到 而 家 一 封 都 未 有 回 音 ，
到現在沒有一封有回音，

ngo⁵ ha⁶ yed¹ bou⁶ ying¹ goi¹ dim² zou⁶
我 下 一 步 應 該 點 做 ？
我下一步應該怎樣做？

講者： Néi⁵ yeo⁵ mou⁵ gim² tou² ha⁵ néi⁵ sé² keo⁴ jig¹ sên³
你 有 冇 檢 討 吓 你 寫 求 職 信
你有檢討過你寫求職信

tung⁴ gé³ géi⁶ hao² wei⁶ mui⁵ fen⁶ gung¹
同 CV 嘅 技 巧 ， 為 每 份 工
和履歷表的技巧，為每一個職位

dog⁶ sen¹ déng⁶ zou⁶ noi⁶ yung⁴
度 身 訂 造 內 容 ？
特別設計內容？

Yung⁶ sem¹ zên² béi⁶ zung⁶ dim² cêd¹ gig¹
用 心 準 備 ， 重 點 出 擊 ，
用心準備，重點出擊，

hou² guo³ yu⁴ yung¹ sad³ mong⁵ dai⁶ hoi¹ lao⁴ zem¹
好 過 漁 翁 撒 網 、 大 海 撈 針 。
總比漁翁撒網、大海撈針好。

Yu⁴ guo² néi⁵ m⁴ xig¹ jing² léng³ go³
如 果 你 唔 識 整 靚 個 CV ，
如果你不知道怎樣寫好履歷表，

bed¹ fong⁴ dem² di¹ bun²
不 妨 揼 啲 本
不妨花一點錢投資

wen² jun¹ yen⁴ bong¹ néi⁵ gao² gao² kêu⁵
搵 專 人 幫 你 搞 搞 佢 。
找專人為你做。

Wag⁶ zé² néi⁵ béi² ngo⁵ tei² ha⁵ néi⁵ sé² séng⁴ dim²
或 者 你 畀 我 睇 吓 你 寫 成 點 ，
或者你讓我看看你寫得怎麼樣，

ngo⁵ béi² di¹ yi³ gin³ néi⁵ la¹
我 畀 啲 意 見 你 啦 。
我給你一些建議。

Hou²   zung⁶ yeo⁵ bin¹ wei² tung⁴ hog⁶ séng² men⁶ a³
好 ， 仲 有 邊 位 同 學 想 問 呀 ？
好，還有哪同學想問問題？

觀眾D：
Yeo⁵ bin¹ di¹ gung¹ xi¹ yen⁴ gung¹ gou¹   fug¹ léi⁶ hou²
有 邊 啲 公 司 人 工 高 、 福 利 好 ，
有哪些公司工資高、福利好，

yeo⁶ m⁴ sei²
又 唔 使 OT ？
又不用加班？

講者：
Yen⁴ gung¹   fug¹ léi⁶ dong¹ yin⁴ hou² zung⁶ yiu³
人 工 、 福 利 當 然 好 重 要 。
人工、福利當然好重要。

Kéi⁴ sed⁶ néi⁵ yeo⁵ mou⁵ nem² guo³ zou⁶ yé⁵
其 實 你 有 冇 諗 過 做 嘢
其實你有沒有想過工作

zêu³ gen² yiu³ hei⁶ hing³ cêu³ tung⁴ mun⁵ zug¹ gem²
最 緊 要 係 興 趣 同 滿 足 感 ？

最重要是興趣和滿足感？

Yeo⁵ yed¹ go³ nou⁵ lig⁶ gé³ mug⁶ biu¹
有 一 個 努 力 嘅 目 標 ，

有一個努力的目標，

hei⁶ hoi¹ sem¹ guo³ deng² cêd¹ lêng⁴ ga³
係 開 心 過 等 出 糧 㗎 。

比等待發工資要開心。

觀眾D： Dan⁶ hei⁶ cêu⁴ zo² qin²
但 係 除 咗 錢 ，

但是除了錢，

ngo⁵ dêu³ med¹ yé⁵ dou¹ mou⁵ hing³ cêu³
我 對 乜 嘢 都 冇 興 趣 ，

我對什麼都沒興趣，

so² yi⁵ zêu³ hou² yeo⁵ fen⁶ gung¹ yeo⁵ hou² do¹ qin²
所 以 最 好 有 份 工 有 好 多 錢

所以最好有一個工作賺很多錢

yeo⁶ m⁴ sei² zou⁶
又 唔 使 做 。

又不用做事。

講者： Néi⁶ méi⁶ yu⁶ dou² néi⁵ zung¹ yi³ gé³ yé⁵ zé¹
你 未 遇 到 你 鍾 意 嘅 嘢 啫 。

這只是你還沒遇到你喜歡做的事。

Sêng⁴ xi³ yeo⁵ m⁴ tung⁴ fong¹ min⁶
嘗 試 由 唔 同 方 面

嘗試從不同方面

fad³ gued⁶ ji⁶ géi² gé³ yeo¹ dim²
發 掘 自 己 嘅 優 點 ，

發掘自己的優點，

tei² ha⁵ hei² med¹ yé⁵ hong⁴ yib⁶ ho² yi⁵ fad³ fei¹
睇 吓 喺 乜 嘢 行 業 可 以 發 揮 ，
看看在哪個行業可以發揮，

Néi⁵ zeo⁶ wui⁵ wen² dou² ji⁶ géi² gé³ hing³ cêu³
你 就 會 搵 到 自 己 嘅 興 趣 。
你就會找到自己的興趣。

Xi⁴ gan¹ mou⁴ do¹　　bed¹ yu⁴ ngo⁵ déi⁶ béi²
時 間 無 多 ， 不 如 我 哋 畀
剩下的時間不多，不如我們讓

ha⁶ yed¹ wei² men⁶ zêu³ heo⁶ yed¹ go³ men⁶ tei⁴ la³
下 一 位 問 最 後 一 個 問 題 喇 。
下一位問最後一個問題。

Wen²gung¹yeo⁵ gem³ do¹ hong⁴gan²
觀眾E： 搵 工 有 咁 多 行 揀 ，
找工作有那麼多的行業可以選擇，

gung¹ xi¹ kuei¹mou⁴ yeo⁵ dai⁶ yeo⁵ sei³
公 司 規 模 有 大 有 細 ，
公司規模有大有小，

yen⁴gung¹ dou¹zang¹ hou² yun⁵
人 工 都 爭 好 遠 ，
工資差別很大，

geo³ ging²yung⁶med¹ yé⁵ cag¹ lêg⁶ zêu³ hou²
究 竟 用 乜 嘢 策 略 最 好 ？
究竟用什麼策略最好？

Gong² zé² m⁴ hei⁶ hou²ming⁴ ni¹ wei² gun¹zung³
（ 講 者 唔 係 好 明 呢 位 觀 眾
講者不太明白這位觀眾

sêng²men⁶med¹ yé⁵　　dim² xun³ né¹
想 問 乜 嘢 ， 點 算 呢 ？ ）
想問什麼，怎麼辦？

132

講者：
Néi⁵ gong² gé³ 「 cag³ lêg⁶ 」 ， hei⁶ ji² yung⁶med¹ yé⁵
你 講 嘅 「 策 略 」 ， 係 指 用 乜 嘢
你說的「策略」，是指用什麼

ban⁶ fad³ lei⁴ bong¹ néi⁵ gan²gung¹
標 準 嚟 幫 你 揀 工 ？
辦法來幫助你挑選合適的工作？

觀眾E：
Hei⁶ a³ Hei⁶ a³
係 呀 ！ 係 呀 ！
對！是這樣！

講者：
Néi⁵ ho² m⁴ ho² yi⁵ gêu⁶ yed¹ go³ gêu⁶ tei² lei⁶ ji²
你 可 唔 可 以 舉 一 個 具 體 例 子 ？
你可不可以舉一個具體例子？

Deng²ngo⁵ qing¹ co² néi⁵ yu⁶ dou² med¹ yé⁵
等 我 清 楚 你 遇 到 乜 嘢
讓我清楚你遇到什麼

kun³ nan⁴ la¹
困 難 啦 。
困難吧。

觀眾E：
Gêu² go³ lei⁶ la¹ Ngo⁵ hei² mong⁵sêng⁶
舉 個 例 啦 。 我 喺 網 上
舉個例子吧。我在網上

tei² dou² di¹ jiu¹ ping³guong²gou³
睇 到 啲 招 聘 廣 告……
看到一些招聘廣告……

Tung¹guo³ tung⁴ gun¹ zung³ fan² men⁶ wu⁶ dung⁶
（ 通 過 同 觀 眾 反 問 互 動 ，
通過和觀眾反問互動，

gong² zé² liu⁵ gai² kêu⁵ zen¹ jing³ sêng²men⁶ gé³
講 者 了 解 佢 真 正 想 問 嘅
講者了解他真正想問的

men⁶ tei⁴ ji¹ heo⁶　　zoi³ fad³ biu² yi³ gin³
問 題 之 後 ， 再 發 表 意 見 。 ）
問題以後，再發表意見。

講者：　Hou² do¹ zé⁶ dai⁶ ga¹ gem³yung² yêg³ fen¹ hêng²
好 多 謝 大 家 咁 踴 躍 分 享 ，
非常感謝大家那麼踴躍分享，

yeo⁴ yu¹ xi⁴ gan³ guan¹ hei⁶
由 於 時 間 關 係 ，
因為時間有限，

gem¹ yed⁶ gé³　　　　yiu³ jing³ xig¹ gid³ cug¹ la³
今 日 嘅 sharing 要 正 式 結 束 喇 。
今天的分享會要正式結束了。

Do¹ zé⁶ dai⁶ ga¹
多 謝 大 家 ！
謝謝大家！

廣東話詞彙運用　　🎧 1012.MP3

拼音及詞彙	意思	例子
ying⁴ yeo⁵ ying⁴ 型 （有型）	酷	Kêu⁵ zêg³ sam¹ hou² ying⁴ 佢 着 衫 好 型 。 他懂得穿衣之道，形象很酷。
kem¹ gung¹sou³ claim 公 數	向公司報銷	Tung⁴hag³ xig⁶ fan⁶ kem¹ gung¹sou³ 同 客 食 飯 claim 公 數 。 跟客戶吃飯向公司報銷。
bao³deng¹ 爆 燈	爆 棚 、 滿分，源於電視台的遊戲節目以亮多少燈泡來代表分數	Kêu⁵ da² géi¹ da² dou³ bao³ sai³ deng¹ 佢 打 機 打 到 爆 晒 燈 。 他打電玩得滿分。 Kêu⁵ hou³ kéi⁴ sem¹ bao³deng¹ 佢 好 奇 心 爆 燈 。 他好奇心爆棚。

134

拼音及詞彙	意思	例子
gab³ 夾	工作或交際方面合得來	Ngo⁵ déi⁶ gé³ hing³ cêu³ hou² gab³ 我 哋 嘅 興 趣 好 夾 。 我們的興趣相若，很合得來。 Tung⁴ di¹ dêu⁶ yeo⁵ m⁴ gab³ 同 啲 隊 友 唔 夾 。 跟隊友合不來。
dog⁶ sen¹ 度 身 déng⁶ zou⁶ 訂 造	按個別要求，特別設計內容、量體裁衣	Wei⁶ lêu⁴ yeo⁴ yib⁶ dog⁶ sen¹ déng⁶ zou⁶ 為 旅 遊 業 度 身 訂 造 pui⁵ fen³ fo³ qing⁴ 培 訓 課 程 。 為旅遊行業特別設計培訓課程。
dem² bun² 揼 本	花錢投資、不惜工本也可説成 log⁶ bun²「落本」	Kêu⁵ hou² dem² bun² zong¹ seo¹ sen¹ ug¹ 佢 好 揼 本 裝 修 新 屋 。 他花很多錢修新房子。
yen⁴ gung¹ 人 工	工資	yed¹ go³ yud⁶ géi² qin² yen⁴ gung¹ 一 個 月 幾 錢 人 工 ？ 一個月的工資是多少？ yen⁴ gung¹ hou² en¹ 人 工 好 奀 。 工資非常低。
cêd¹ lêng⁴ 出 糧	發工資	yud⁶ méi⁵ cêd¹ lêng⁴ 月 尾 出 糧 。 月底發工資。
zang¹ hou² yun⁵ 爭 好 遠	差別很大	Kêu⁵ tung⁴ dêu³ seo² 佢 同 對 手 sêu² zên² zang¹ hou² yun⁵ 水 準 爭 好 遠 。 他跟對手的水平差很遠。

135

拼音及詞彙	意思	例子
gan² 揀	選擇、挑選	Néi⁵ gan² yen⁴　　yen⁴ gan² néi⁵ 你 揀 人 ， 人 揀 你 。 你選人，別人也同時考慮你是不是合適的人。

英文縮寫	英文全寫	意思
CV	curriculumvitae	léi⁵ lig⁶ biu² 履 歷 表
OT	overtime work	ga¹ ban¹ 加 班
	sharing （港式英語，應該是sharing one's experience）	ging¹ yim⁶ fen¹ hêng² 經 驗 分 享 fen¹ hêng² wui² 分 享 會

語法講解

mai⁴
動詞 + 埋

1. 同時、一起

Zêu³ hou² ji¹ mai⁴ dim² yêng² wen² dou² sên² gung¹ tim¹
最 好 知 埋 點 樣 搵 到 筍 工 添 。
最好同時知道怎樣找到理想工作。

Giu³ mai⁴ kêu⁵ hêu³ hang⁴ san¹ la¹
叫 埋 佢 去 行 山 啦 。
叫他一起去爬山吧。

Séng⁴ yed⁶ yiu³ ga¹ yen⁴ gung¹
成 日 要 加 人 工 ，
béi² mai⁴ ngo⁵ fen⁶ yen⁴ gung¹ néi⁵ hou² m⁴ hou²
畀 埋 我 份 人 工 你 好 唔 好 ？
常常要求加工資，把我的工資也一拼給你，好不好？

2. 不好的

gong² mai⁴ di¹ yé⁵ fu⁶ neng⁴ lêng⁶ bao³ deng¹
講 埋 啲 嘢 負 能 量 爆 燈 。

他說的話負能量爆棚。

m¹ ji¹ kêu⁵ xig¹ mai⁴ di¹ med¹ yé⁵ pen⁴ yeo⁵　hog⁶ dou³ wai⁶ sai³
唔 知 佢 識 埋 啲 乜 嘢 朋 友 ，學 到 壞 晒 。

不知道他認識的朋友是什麼人，把他帶壞了。

mai⁵ mai⁴ di¹ mou⁵ yung⁶ gé³ yé⁵
買 埋 啲 冇 用 嘅 嘢 。

總愛買些沒用的東西。

3. 完成餘下的部份

xig⁶ mai⁴ di¹ min⁶ kêu⁵
食 埋 啲 麵 佢 。

吃完剩下的麵條吧。

zou⁶ mai⁴ di¹ yé⁵ zeo⁶ seo¹ gung¹
做 埋 啲 嘢 就 收 工 。

做完這些工作就下班。

取材要點

· 回應觀眾A

不要認為提問者挑戰你，或因問題無聊而生氣。面對古怪的觀眾，例如問到講者的私事，又例如只顧發表個人意見而沒有提問，或者問題天馬行空、離題萬丈，講者都應控制大局，把問題拉回演講話題。

· 回應觀眾B

不應指正提問者無關要旨的錯誤。不要重複觀眾的負面用詞。顧及對方面子，避免造成壞印象，只需回應時講出正確資料，觀眾就會明白。

- 回應觀眾 C

  如果真的不懂得答就承認，不知道就說不知道。可提出取得對方聯絡方法，查資料補上答案。

- 回應觀眾 D

  小心運用幽默感。聽者要引起共鳴才會發笑，所以你要清楚觀眾是怎樣的人。笑話要說得自然，不要觸及敏感內容、諷刺傷人、戲謔胡鬧。

- 回應觀眾 E

  不知道對方問什麼，不能傻了眼看着對方，這樣非常無禮，讓對方尷尬，也使你看來很笨。 應該重複對方的用詞，試試用反問方式了解對方真正的問題，也可以引導話題向你熟悉的方向。

用語選擇

- 說話要客觀。例如：「我唔同意你嘅講法」，可以說成「呢個問題可以由另一個角度嚟睇。」或者說：「係，你講得啱，不過……」減低對抗的感覺，在某程度上認同對方，覺得對方提出的意見有道理，只是你想多補充一個觀點。
- 不要開口就用「但係」、「不過」、「我想話」、「唔係咁嘅」等否定語氣，像在解釋你有難言之隱。
- 避免夾雜無意義的字，尤其中英文夾雜。 例如避免講：「Eh……」、「Uh……」、「Umm……」、「Uh huh……但係……咁即係呢……」。

小貼士

1. 面部表情
- 你應先看着提問者開始答問題，然後轉向所有觀眾，再回到提問者，視線徘徊在觀眾之間，直到說最後一句就要回到看着提問者完結。
- 眼神不要飄忽。任何時候都不應看天花板、牆壁、地板、桌子、傢具等，應面向觀眾。

2. 身體語言

· 合起手指，展開雙臂，開放自己，使你與觀眾之間沒有障礙。
· 雙手不要高舉過下巴。
· 展示權威、專業，説話時要直望指着觀眾，手指要有力。
· 指法可以用：(1)平掌、(2)合上手指成一個尖、(3)豎起食指、(4)豎起食指加中指、(5)豎起拇指向前。
· 雙掌向下，由重疊位置平掃出去，是要觀眾人相信你的專業意見，信服你是專家。
· 雙手做成一個尖頂，有時可以向前後擺動。顯示信心、態度堅定。

3. 語速

· 建立專業形象，應對聲線低沉一點。
· 不要每句最後都拖長或如提問，這像在試探觀眾，缺乏自信。
· 結束講話，不要像台上表演，做出戲劇性姿勢，或提高聲線。
· 注意音量大小，留心現場反應。見到觀眾有點向後退，跟你保持距離，肯定是太大聲。如觀眾皺眉向前傾，欲言又止，可能是你聲音太小。
· 每句話要有停頓，看看觀眾的反應再繼續。如果提問者想寫低重點，更要停一停，給對方時間。

練習

1. 試想想學兄學者跟你分享工作經驗後，你想問什麼有意義的問題？
2. 很多同義複詞，廣東話、普通話口語中就各取其中字。

例子：（轉換）轉 幾 次 工
        jun³ géi² qi³ gung¹
        換幾次工作

請選括號中一字填在空格內完成句子。

① 我想買件衫畀男朋友，唔知佢 _____ 中 _____ 定係大 _____ 呢？（穿着、號碼）
② 佢 _____ 你去尖沙咀，喺金鐘 _____ 車就最啱喇。（説話、轉換）
③ 呢條新路好 _____，有八線行車。（寬闊）
④ 佢嘅BB好得意，_____ 白白。（肥胖）

⑤ 雖然香港嘅大學都唔少，但係 ＿＿＿ 大學讀書都唔係話咁易。
（進入）

3. 口譯
① 我想這是他想要的東西。
② 我想不到他不想再見到我。
③ 我想他一定很想你。
④ 我不想知道他的想法。
⑤ 他就是不想讓你知道，他在想什麼會想得這樣出神。

普通話裡的「想」，在廣東話可以講成「想sêng²」或「諗nem²」，見《初學廣東話》160頁，請分清它們的意思和用法： 🎧1014.MP3

「想sêng²」

意思	例子
打算，表示意願	Yu⁴ guo² néi⁵ sêng² yeo⁵ xu¹ xig¹ gé³ lêu⁵ yeo⁴ tei² yim⁶ 如果你想有舒適嘅旅遊體驗…… 如果你想有舒適的旅遊體驗……

「諗nem²」

意思	例子
考慮、覺得、心裡猜想	Ngo⁵ nem² zoi¹ zo⁶ gog³ wei² dou¹ 我 諗 在 座 各 位 都 yed¹ ding⁶ wui⁵ tung⁴ yi³ 一 定 會 同 意 。 我想在座各位也一定會同意。 Néi⁵ yeo⁵ mou⁵ nem² guo¹ gung¹ zog³ 你 有 冇 諗 過 工 作 zêu³ gen² yiu³ hei⁶ hing³ cêu³ 最 緊 要 係 興 趣 。 你有沒有想過工作最重要是興趣。

答案

1. 提示：

· 對講者的經驗想更深入了解。例子：

「乜嘢情況下，你發現一份工或者某間公司唔適合你，要考慮轉工？」

「同同事唔夾，可以點樣避開衝突？」

「一面返緊工，點樣一面搵新工，同埋去同行公司見工？」

· 避免負面用詞和不滿情緒。

· 尊重講者，不應挑戰他的專業知識。懷疑他「冇料到」沒有水平，不提問就算了。

· 不應該問與金錢有關的敏感問題。例如薪酬、某些東西的價格等等。

2.　　　　　　　　　　　　　　　　　　　🎧 1015.MP3

① Ngo⁵ sêng² mai⁵ gin⁶ sam¹ béi² nam⁴peng⁴yeo⁵　　m⁴　ji¹ kêu⁵ zêg³ zung¹ ma⁵
　 我 想 買 件 衫 畀 男 朋 友 ，唔 知 佢 着 中 碼
　 ding⁶ hei⁶ dai⁶ ma⁵ né¹
　 定 係 大 碼 呢？

　 我想買一件衣服給男朋友，不知道他穿的是中號還是大號呢？

② Kêu⁵ wa⁶ néi⁵ hêu³ Jim¹ Sa¹ Zêu²　　hei² Gem¹Zung¹jun³ cé¹ zeo⁶ zêu³
　 佢 話 你 去 尖 沙 咀 ，喺 金 鐘 轉 車 就 最
　 ngam¹ la³
　 啱 喇 。

　 他說你去尖沙咀，在金鐘換車就對了。

③ Ni¹ tiu⁴ sen¹ lou⁶ hou² fud³　　yeo⁵ bad³ xin³ heng⁴ cé¹
　 呢 條 新 路 好 闊 ，有 八 線 行 車 。

　 這條新路好寬，有八線行車。

④ Kêu⁵ ge³ bi⁴ bi¹ hou² deg¹ yi³　　féi⁴ féi⁴ bag⁶ bag⁶
　 佢 嘅 B B 好 得 意 ，肥 肥 白 白 。

　 他的寶寶很可愛，白白胖胖的。

⑤ Sêu¹ yin⁴ Hêng¹Gong²gé³ dai⁶ hog⁶ dou¹ m⁴ xiu²　　dan⁶ hei⁶ yeb⁶ dai⁶ hog⁶
　 雖 然 香 港 嘅 大 學 都 唔 少 ，但 係 入 大 學
　 dug⁶ xu¹ dou¹ m⁴ hei⁶ wa⁶ gem³ yi⁶
　 讀 書 都 唔 係 話 咁 易 。

　 雖然香港有不少大學，但是進大學唸書也不是那麼容易。

3. 🎧 1016.MP3

① Ngo⁵ nem² ni¹ di¹ hei⁶ kêu⁵ sêng² yiu³ gé³ yé⁵
我 諗 呢 啲 係 佢 想 要 嘅 嘢 。

② Ngo⁵ nem² m⁴ dou² kêu⁵ m⁴ hei⁶ hou² sêng² zoi³ gin³ dou² ngo⁵
我 諗 唔 到 佢 唔 係 好 想 再 見 到 我 。

③ Ngo⁵ nem² kêu⁵ yed¹ ding⁶ hou² gua³ ju⁶ néi⁵
我 諗 佢 一 定 好 掛 住 你 。

④ Ngo⁵ m⁴ sêng² ji¹ kêu⁵ gé³ nem² fad³
我 唔 想 知 佢 嘅 諗 法 。

⑤ Kêu⁵ zeo⁶ hei⁶ m⁴ sêng² béi² néi⁵ ji¹ kêu⁵ nem² gen² med¹ wui⁵ nem²
佢 就 係 唔 想 畀 你 知 ， 佢 諗 緊 乜 會 諗
dou³ yeb⁶ sai³ sen⁴
到 入 晒 神 。

第十一課

雜誌記者採訪

會話　 1111.MP3

Hég³ hod³ wun⁶ log⁶　　 zab⁶ ji³ cag³ wag⁶ ha⁶ kéi⁴ zou⁶
《 吃 喝 玩 樂 》 雜 誌 策 劃 下 期 做

《吃喝玩樂》雜誌策劃下期做

Hêng¹Gong²ju⁶ ga¹ coi³　　 jun¹ tei⁴
「 香 港 住 家 菜 」 專 題 ，

「香港家常菜」專題，

géi³ zé²　　 zou⁶ yun⁴ ji¹ liu² seo² zab⁶
記 者 Winnie 做 完 資 料 搜 集 ，

記者Winnie做完資料搜集，

zeo⁶ fad³ yin⁶ zo² gan¹ gen⁶ kéi⁴ ging⁶　 gé³ can¹ téng¹
就 發 現 咗 間 近 期 勁 Hit 嘅 餐 廳 ，

就發現了一家最近非常受歡迎的餐廳，

mun⁴ngoi⁶séng¹yed⁶ dou¹ gin³ dai⁶ pai⁴ cêng⁴lung⁴
門 外 成 日 都 見 大 排 長 龍 。

門外經常看到大排長龍。

　　　 yêg³ zo² géi² qi³　　 zung¹ yu¹ xing⁴gung¹yêg³ dou²
Winnie 約 咗 幾 次 ， 終 於 成 功 約 到

Winnie約了幾次，終於成功約得

can¹ téng¹ lou⁵ ban² zou⁶ jun¹ fong²
餐 廳 老 闆 做 專 訪 。

餐廳老闆做專訪。

143

記者：
Néi⁵ hou² Gou¹ lou⁵ ban² ngo⁵ hei⁶
你 好 ， 高 老 闆 ， 我 係
你好，高老闆，我是

hég³ hod³ wun⁶ log⁶ zab⁶ ji³ géi³ zé²
《 吃 喝 玩 樂 》 雜 誌 記 者 ，
《吃喝玩樂》雜誌記者，

ngo⁵ giu³ Ni¹ zêng¹ hei⁶ ngo⁵ kad¹ pin²
我 叫 Winnie 。 呢 張 係 我 咭 片 。
我叫 Winnie。這是我名片。

Hou² do¹ zé⁶ néi⁵ gem¹ yed¹ jib³ seo⁶ fong² men⁶
好 多 謝 你 今 日 接 受 訪 問 。
很感謝您今日接受訪問。

Ni¹ go³ fong² men⁶ wui⁵ deng¹ hei² ha⁶ go³ yud⁶ go² kéi⁴
呢 個 訪 問 會 登 喺 下 個 月 果 期 ，
這個訪問會刊登在下月的一期，

ngo⁵ déi⁶ zab⁶ ji³ sé⁵ wui⁵ sung³ bun² béi² néi⁵ tei² gé³
我 哋 雜 誌 社 會 送 本 畀 你 睇 嘅 。
我們雜誌社會送一本給你看。

老闆：
Céng² co⁵ xin¹ la¹ Yem² bui¹ sêu² la¹
請 坐 先 啦 。 飲 杯 水 啦 。
請坐。請先喝一杯水。

記者：
M⁴ hou² yi³ xi¹ héi¹ mong⁶ néi⁵ m⁴ gai³ yi³ ngo⁵ lug⁶ yem¹
唔 好 意 思 ， 希 望 你 唔 介 意 我 錄 音 。
不好意思，希望你不介意我錄音。

老闆：
Mou⁵ men⁶ tei⁴
冇 問 題 。
沒問題。

記者：
Néi⁵ gé³ can¹ téng¹ hou² hou² sang¹ yi³ wo³
你 嘅 餐 廳 好 好 生 意 喎 。
你的餐廳生意非常好。

Séng⁴ tiu⁴ gai¹ mou⁵ yed¹ gan¹ xig⁶ xi³ yeo⁵ néi⁵ gem³ sei¹ léi⁶
成 條 街 冇 一 間 食 肆 有 你 咁 犀 利 ！
整條街沒有一家食肆像你這樣厲害！

Ni¹ dou⁶ co⁵ mun⁵ sai³ yen⁴
呢 度 坐 滿 晒 人 ，
這裡全坐滿人，

mun⁴ heo² zung⁶ yeo⁵ yed¹ za⁶ yen⁴ deng² gen² wei² tim¹
門 口 仲 有 一 渣 人 等 緊 位 添 。
門口還有一群人在等位。

老闆： Xig⁶ fan⁶ xi⁴ gan³ di¹ hag³ dêu¹ mai⁴ yed¹ cei⁴ lei⁴
食 飯 時 間 啲 客 堆 埋 一 齊 嚟 ，
吃飯時候客人都一起湧來，

seo² gêg³ man⁶ xiu² xiu² dou¹ zou⁶ m⁴ qid³
手 腳 慢 少 少 都 做 唔 切 ，
手腳不夠勤快就做不來，

zou⁶ yem² xig⁶ zeo⁶ hei⁶ gem²
做 飲 食 就 係 咁 。
做飲食就是這樣。

記者： Néi⁵ zêu³ co¹ dim² gai² wui⁵ hoi¹ ni¹ gan¹ can¹ téng¹ gé²
你 最 初 點 解 會 開 呢 間 餐 廳 嘅 ？
你最初怎麼會開這家餐廳？

老闆： Ngo⁵ ji⁶ sei³ dug⁶ xu¹ m⁴ lég¹
我 自 細 讀 書 唔 叻 ，
我從小唸書不好，

zêu³ zung¹ yi³ qi¹ ju⁶ a³ ma¹ hei² qu⁴ fong²
最 鍾 意 黐 住 阿 媽 喺 廚 房 。
最喜歡跟着媽媽在廚房。

ju⁶ ga¹ coi³ yeo⁵ yed¹ fen⁶ gem² qing⁴
住 家 菜 有 一 份 感 情 ，
家常菜有一份感情，

hei⁵ yed¹ bun¹ gou¹ keb¹ xig⁶ xi³ mou⁵ gé³
係 一 般 高 級 食 肆 冇 嘅 ，
是一般高級食肆沒有的，

mai⁶ ju⁶ ga¹ coi³ gé³ gai¹ fong¹ ca⁴ can¹ téng¹
賣 住 家 菜 嘅 街 坊 茶 餐 廳
賣家常菜的街坊茶餐廳

yeo⁶ co⁵ deg¹ m⁴ xu¹ fug⁶ Ngo⁵ hou² sêng²
又 坐 得 唔 舒 服 。 我 好 想
又坐得不舒服。我很想

zêng¹ ngo⁵ gé³ ju⁶ ga¹ coi³ fad³ yêng⁴ guong¹ dai⁶
將 我 嘅 住 家 菜 發 揚 光 大 ，
把我的家常菜發揚光大，

hoi¹ yed¹ gan¹ can¹ téng¹ zêng¹ ga¹ ting⁴ wen¹ nün⁵
開 一 間 餐 廳 ， 將 家 庭 溫 暖 、
開一家餐廳，把家庭溫暖、

gin⁶ hong¹ yem² xig⁶ dai³ béi² geng³ do¹ yen⁴
健 康 飲 食 帶 畀 更 多 人 。
健康飲食帶給更多的人。

Ngo⁵ ji¹ dou³ ju⁶ ga¹ coi³ gé³ yêg⁶ dim² hei⁶
我 知 道 住 家 菜 嘅 弱 點 係
我知道家常菜的弱點是

mai⁶ sêng¹ m⁴ geo³ léng³ mai⁶ m⁴ héi² ga³ qin⁴
賣 相 唔 夠 靚 ， 賣 唔 起 價 錢 ，
賣相不夠精緻，賣的價錢不高，

zeo⁶ jun¹ deng¹ hêu³ qu⁴ ngei⁶ hog⁶ yun² zên³ seo¹
就 專 登 去 廚 藝 學 院 進 修 ，
就特地去廚藝學院進修，

hêu³ zeo² dim³ can¹ téng¹ teo¹ xi¹
去 酒 店 餐 廳 偷 師 ，
去酒店餐廳偷師，

zung¹ yu¹ cou⁵ geo³ qin² hoi¹ ni¹ gan¹ pou³
終 於 儲 夠 錢 開 呢 間 舖 。
終於存夠了錢開這家店。

記者：
Ni¹ gan¹ can¹ téng¹ hoi¹ zo² géi² noi⁶ a³
呢 間 餐 廳 開 咗 幾 耐 呀 ？
這家餐廳開了多久？

老闆：
Hoi¹ zo² sam¹ nin⁴ la³　　Zêu³ co¹ m⁴ hei⁶ ni¹ go³ pou³ wei²
開 咗 三 年 喇 。 最 初 唔 係 呢 個 舖 位 ，
開了三年。最初位置不是在這裡，

hei⁶ heo⁶ min⁶ gai¹ yed¹ tiu⁴ gued⁶ teo⁴ hong² gé³ hong⁶ méi⁵
係 後 面 街 一 條 掘 頭 巷 嘅 巷 尾 ，
是後面街的一條死胡同的盡頭，

mou⁵ yen⁴ leo⁴　　hoi¹ pou³ m⁴ hei⁶ yed¹ fan⁴ fung¹ sên⁶
冇 人 流 ， 開 舖 唔 係 一 帆 風 順 ，
沒有人流，開店不是一帆風順，

hoi¹ teo⁴ géi² go³ yud⁶ dou¹ xid⁶ bun²
開 頭 幾 個 月 都 蝕 本 ，
最初幾個月都虧本，

ging¹ ying⁴ zêu³ kun³ nan⁴ gé³ xi⁴ heo⁶ zung⁶ yiu³ béi² yen⁴ ag¹
經 營 最 困 難 嘅 時 候 仲 要 畀 人 呃 。
經營最困難的時候還要被人騙。

Yeo⁵ go³ yen⁴ ji⁶ qing¹ hei⁶ gung¹ guan¹ gung¹ xi¹
有 個 人 自 稱 係 公 關 公 司 ，
有一個人自稱是公關公司，

wa⁶ bong¹ ngo⁵ dab³ lou⁶ sêng⁵ din⁶ xi⁶　jid³ mug⁶ zou⁶ xun¹ qun⁴
話 幫 我 搭 路 上 電 視 節 目 做 宣 傳 ，
說幫我找門路上電視節目做宣傳，

yed¹ zen⁶ yeo⁶ wa⁶ sé² xin³ gou² hêu³ zab⁶ ji³ deng¹
一 陣 又 話 寫 鱔 稿 去 雜 誌 登 ，
過一會又說寫軟性宣傳稿給雜誌報導，

qi¹ qi³ seo¹ ngo⁵ géi² qin¹ men¹　gao² zo² lêng⁵ go³ yud⁶
次 次 收 我 幾 千 蚊 ， 搞 咗 兩 個 月 ，
每次收我幾千元，做了兩個月，

zêu³ heo⁶ lin⁴ yen⁴ ying² dou¹ mou⁵
最 後 連 人 影 都 冇 ，
最後連人影都找不到，

di¹ qin² zeo⁶ gem² dem² zo² log⁶ ham⁴ sêu² hoi²
啲 錢 就 咁 揼 咗 落 鹹 水 海 。
錢就像投進了大海，血本無歸。

Ngo⁵ géi¹ fu⁴ sêng² zeb¹ leb¹
我 幾 乎 想 執 笠 ，
我幾乎想結業，

gem³ ngam¹ zeo⁶ wen² dou² yi⁴ ga¹ ni¹ go³ pou³ wei²
咁 啱 就 搵 到 而 家 呢 個 舖 位 ，
剛巧就找到現在這店的位置，

yed¹ bun¹ guo³ lei⁴ sang¹ yi³ zeo⁶ jig¹ hag¹ yeo⁵ héi² xig¹
一 搬 過 嚟 ， 生 意 就 即 刻 有 起 色 ，
才搬過來，生意就立即有起色，

gen¹ ju⁶ yud⁶ zou⁶ yud⁶ hou²
跟 住 越 做 越 好 。
接着做得越來越好。

記者： Hei² zêu³ kun³ nan⁴ gé³ xi⁴ heo⁶
喺 最 困 難 嘅 時 候 ，
在最困難的時候，

hei² med¹ yé⁵ ling⁶ néi⁵ gin¹ qi⁴ zou⁶ log⁶ hêu³
係 乜 嘢 令 你 堅 持 做 落 去 ？
是什麼讓你堅持做下去？

老闆： Sên³ nim⁶ Ngo⁵ men⁶ guo³ di¹ xig⁶ hag³
信 念 。 我 問 過 啲 食 客 ，
信念。我問過客人，

ji¹ dou³ m⁴ hei⁶ ngo⁵ di¹ yé⁵ m⁴ deg¹
知 道 唔 係 我 啲 嘢 唔 得 ，
知道不是我的菜做得不好，

zêu³ dai⁶ men⁶ tei⁴ hei⁶ go³ pou³ wei²
最 大 問 題 係 個 舖 位 ，
最大問題是店的位置，

yu¹ xi⁶ ngo⁵ zeo⁶ séi³ wei⁴ wen² hou² pou³ wei²
於 是 我 就 四 圍 搵 好 舖 位 。
於是我就到處找好位置開店。

記者： Néi⁵ gé³ jiu¹ pai⁴ coi³　　lin⁴ ngeo⁵beng²
你 嘅 招 牌 菜 「 蓮 藕 餅 」 ，
你的招牌菜「蓮藕餅」，

tiu⁴ méi⁶ hou² deg⁶ bid⁶　　ngo⁵ xig⁶ dou² yeo⁵ yu⁴ lou⁶
調 味 好 特 別 ， 我 食 到 有 魚 露 ，
調味很特別，我吃到有魚露，

ho² m⁴ ho² yi⁵ wa⁶ ngo⁵ ji¹ yung⁶ mé¹ coi⁴ liu² jing³ ga³
可 唔 可 以 話 我 知 用 咩 材 料 整 㗎 ？
可以告訴我用什麼材料做的嗎？

老闆： Ni¹ go³ hei⁶ a³ ma¹ gé³ ga¹ qun⁴ béi³ fong¹
呢 個 係 阿 媽 嘅 家 傳 秘 方 ，
這是媽媽的家傳秘方，

m⁴ ho² yi⁵ gung¹ hoi¹
唔 可 以 公 開 。
不可以公開。

Ngo⁵ hou² nan⁴ xin¹ ji³ zou⁶ dou³ yeo⁵ gem¹ yed⁶
我 好 難 先 至 做 到 有 今 日 ，
我很難才做到今天，

yu⁴ guo² béi² yen⁴ cao¹ ngo⁵ tiu⁴ fong¹
如 果 畀 人 抄 我 條 方 ，
如果被別人抄了我的秘方，

hei² gag³ léi⁴ hoi¹ géi² gan¹ ding²sang¹ yi³　　dim² xun³ a³
喺 隔 籬 開 幾 間 頂 生 意 ， 點 算 呀 ？
在隔壁開幾家店跟我搶生意，怎麼辦？

Ngo⁵ zêu³ gen⁶ têu¹ guong² gen² seb⁶ men¹ men¹ bao¹ yu⁴

我 最 近 推 廣 緊 十 蚊 炆 鮑 魚 ，

我最近正在推廣十元燜鮑魚，

Néi⁵ bong¹ ngo⁵ zou⁶ ha⁵ xun¹ qun⁴ la¹

你 幫 我 做 吓 宣 傳 啦 。

你替我做宣傳吧。

記者： Di¹ bao¹ yu⁴ bin¹ dou⁶ lei¹ ga³

啲 鮑 魚 邊 度 嚟 㗎 ？

鮑魚從什麼地方來？

老闆： Hei⁶ Meg⁶ Sei¹ Go¹ bao¹ yu⁴　　yug⁶ zed¹ fung¹ fu³

係 墨 西 哥 鮑 魚 ， 肉 質 豐 富 ，

這是墨西哥鮑魚，肉質豐富，

M⁴ hei⁶ péng⁴ yé⁵ lei¹ ga³　　mui⁵ yed⁶ han⁶ lêng⁶ yi⁶ seb⁶ zég³

唔 係 平 嘢 嚟 㗎 ， 每 日 限 量 二 十 隻 ，

不是便宜的東西，每天限量二十隻，

Ngo⁵ ji³ zoi⁶ yig¹ gai¹ fong¹　　dai⁶ ga¹ xig⁶ deg¹ hoi¹ sem¹

我 旨 在 益 街 坊 ， 大 家 食 得 開 心 。

目的在於回饋大眾，大家吃得開心。

記者： Gem² geng² yiu³ sé² la¹　　Yeo⁵ mou⁵ deg¹ deng⁶ wei²

咁 梗 要 寫 啦 。 有 冇 得 訂 位 ？

這個一定要寫。可以訂位嗎？

ngo⁵ sêng² lei⁴ xig⁶ a³

我 想 嚟 食 呀 ！

我想來吃！

老闆： Dong¹ yin⁴ yeo⁵

當 然 有 。

當然有。

Tung⁴ ug¹ kéi² yen⁴　　peng⁴ yeo⁵ lei⁴ xig⁶ la¹
同 屋 企 人 、 朋 友 嚟 食 啦 ！
跟家人、朋友來吃吧！

Di¹ bao¹ yu⁴ men¹ dou³ yeb⁶ sai³ méi⁶ ga³
啲 鮑 魚 炆 到 入 晒 味 㗎 。
鮑魚燜得很入味。

記者：
Sang¹ yi³ gem³ hou²　　wui⁵ m⁴ wui⁵ hoi¹ fen¹ dim³ a³
生 意 咁 好 ， 會 唔 會 開 分 店 呀 ？
生意那麼好，會不會開分店？

老闆：
Ngo⁵ m⁴ tam¹ sem¹　　hoi¹ fen¹ dim³ hou² nan⁴ gun² léi⁵
我 唔 貪 心 ， 開 分 店 好 難 管 理
我不貪心，開分店很難管理

xig⁶ med⁶ zed³ sou³　　zam⁶ xi⁴ méi⁶ nem² ju⁶
食 物 質 素 ， 暫 時 未 諗 住 。
食物質量，暫時不考慮。

記者：
M⁴ goi¹ sai³ néi⁵
唔 該 晒 你 。
謝謝您。

Ngo⁵ ho² m⁴ ho² yi⁵ tung⁴ néi⁵ ying² géi² zêng¹ sêng² a³
我 可 唔 可 以 同 你 影 幾 張 相 呀 ？
我可以給你拍幾張照片嗎？

老闆：
Ying² sêng² a⁴
影 相 牙 ？
拍照嗎？

Hou² ag³　　néi⁵ deng² ngo⁵ zêg³ fan¹ gin⁶ léng³ di¹ gé³ sam¹ xin¹
好 呃 ， 你 等 我 着 番 件 靚 啲 嘅 衫 先 。
好，等一下，先讓我穿上好看的衣服。

拼音及詞彙	意思	例子
ju⁶ ga¹ coi³ 住 家 菜	家常菜	
kad¹ pin² 咭 片	名片	
dêu¹ mai⁴ 堆 埋	擠在一起	Di¹ yé⁵ dêu¹ mai⁴ béi² yed¹ go³ yen⁴ zou⁶ 啲 嘢 堆 埋 畀 一 個 人 做 。 所有工作都推給一個人做。 Bou³ gou³ dêu¹ mai⁴ dou³ 報 告 堆 埋 到 zêu³ heo⁶ yed¹ yed⁶ sé² 最 後 一 日 寫 。 報告等到最後一天才寫出來。
mai⁶ m⁴ héi² 賣 唔 起 ga³ qin⁴ 價 錢	賣的價錢 不高	Wai⁴ geo⁶ dim² sem¹　　gung¹ zêu⁶ do¹ 懷 舊 點 心 ， 工 序 多 ， yeo⁶ mai⁶ m⁴ héi² ga³ qin⁴ 又 賣 唔 起 價 錢 ， yi⁴ ga¹ hou² xiu² zeo² leo⁴ zou⁶ 而 家 好 少 酒 樓 做 。 懷舊點心，工序多，又賣不到錢，現在很少酒樓做。
jun¹ deng¹ 專 登	特地、 專門	Ngo⁵ jun¹ deng¹ hei² Toi⁴ Wan¹ 我 專 登 喺 台 灣 dai³ fung⁶ léi⁴ sou¹ fan¹ lei⁴ béi² néi⁵ xig⁶ 帶 鳳 梨 酥 返 嚟 畀 你 食 。 我特地從台灣給你帶鳳梨酥回來。
gued⁶ teo⁴ hong² 掘 頭 巷	死胡同、 死巷	
hoi¹ teo⁴ 開 頭	開始、 最初	Ngo⁵ hoi¹ teo⁴ lei⁴ dou³ Hêng¹ Gong² 我 開 頭 嚟 到 香 港 ， yed¹ gêu³ Guong² Dung¹ wa² dou¹ téng¹ m⁴ ming⁴ 一 句 廣 東 話 都 聽 唔 明 。 我初來到香港，一句廣東話都聽不懂。

拼音及詞彙	意思	例子
dab³ lou⁶ 搭 路	找門路、 拉關係	M⁴ goi¹ néi⁵ bong¹ ngo⁵ dab³ lou⁶ mai⁵ féi¹ 唔 該 你 幫 我 搭 路 買 飛 。 請你幫我找門路買票。
xin³ gou² 鱔 稿	軟性宣傳 稿，報導 內容有廣 告成份。	
di¹ qin² dem² 啲 錢 揼 zo² log⁶ ham⁴ 咗 落 鹹 sêu² hoi² 水 海	投資血本 無歸，就 像扔進大 海裡不見 了。	Mai⁵ gu² piu³ xid⁶ sai³ 買 股 票 蝕 晒 ， di¹ qin² dem² zo² log⁶ ham⁴ sêu² hoi² 啲 錢 揼 咗 落 鹹 水 海 。 買股票全蝕本，血本無歸。
zeb¹ leb¹ 執 笠	結業	
gag³ léi⁴ 隔 籬	隔壁、 旁邊	
ding²sang¹ yi³ 頂 生 意	做一樣業 務、搶生 意	
men¹ 炆	燜、燉	men¹ngeo⁴nam⁵ 炆 牛 腩 燉牛腩
yig¹ gai¹ fong¹ 益 街 坊	給大眾優 惠	Têu¹ cêd¹ péng⁴léng³zéng³ 推 出 平 靚 正 can¹ ben¹ yig¹ gai¹ fong¹ 產 品 益 街 坊 。 優惠大眾，推出又便宜、質量又好的 產品。

1. 記者採訪技巧重點：

- 大部份訪問都需先預約時間，讓受訪者有時間做準備，例如烹煮幾款菜式供採訪者拍照。

- 需要先自我介紹，如來自哪機構、採訪目的、採訪文章將刊登在哪（如適用）。

- 訪問都需要錄音，讓受訪者明白這是為求訪問內容的準確性，同時可以保障雙方。錄音機麥克風不要直接指向受訪者，最好放在視線範圍外，使受訪者感到放鬆。

- 怎樣跟陌生人打開話匣子？先問一、兩個問題，旨在建立良好氣氛，最好簡簡單單，例如談談天氣、交通、四周環境，閒話家常兩句。

- 打開話匣子後再切入主題，例如採訪餐廳，問其經營理念、食材來源、菜式有什麼特色之處等。

- 問題最好簡短清晰，開放式問題能讓受訪者自由發言。例如：「我聽講你哋……」、「點解有咁嘅情況發生？」、「你點解有咁嘅決定？」

- 不要打斷受訪者說話，誠心做個聆聽者。如遇到受訪者絮絮不休，內容開始重複，或者話題越扯越遠，這才適時打斷，謹記保持禮貌。

- 跟進受訪者的內容，針對哪點有趣的、講得不夠清晰的，或者某些事情想再深入了解，提出具體問題。例如：「你講到……詳細係點樣㗎？」

- 想人對你吐真情、說真話，可以提出幫受訪者宣傳，介紹及推廣他的產品。真誠以待，多花時間了解對方性格，說話正面，都是較易套話的技巧。

- 想辦法和受訪者拉近距離，覺得你有心訪問，例如說出你觀察到的狀況，像食物、環境裝潢等特色。也可以講出以前與受訪者見過面、注意過他的事。記住你有心問，對方才有心答。

- 記者都想做獨家專訪，例如證實一些行內傳聞、機構的人事關係、內幕消息等，如果遇上不便透露的情況，就不能強求受訪者配合。

- 如果記者問問題後，受訪者都興趣缺缺，答一句就再沒有説，或沒什麼反應，記者就應提問時多舉例説明，運用技巧，引起受訪者説話的興趣。

- 記者只問一些基本資料，受訪者當然都能好好回答，但是不妨想想，適度的挑釁，能讓話題熱絡，變得不沉悶。

- 如果遇上不能預計的反應，例如受訪者説話時情緒激動，就要耐心等待，因為這時難有建設性的話。

- 問最後一個問題，希望受訪者想起一些遺漏的資料。例如：「仲有冇嘢你想我寫㗎？」、「仲有冇嘢想補充？」

- 重複訪問的重點，確保沒有錯漏。

- 禮貌結束訪問。讓受訪者説完話，認為訪問結束才是真正結束。建議下次見面的機會。

2. 受訪者應怎樣回答問題：

- 避免只以一、兩個字回答問題，例如：「係」、「唔係」、「有」、「冇」、「冇問題」、「鍾意」，這樣話題根本無法展開。

- 要與對方發生聯繫，站在對方立場來想，他想知道什麼？對什麼話題感興趣？例如記者都喜歡有起有跌的人生經歷。對喜歡吃的人，談怎樣欣賞食物，用專業角度分享一個菜的特色和做法。講對方喜愛、重視的事情，才會有共鳴。

- 用第一身經歷説故事，或者與大家認識的人有關的故事，説起來會容易投入。不知道怎樣説起，試問自己：
一個特別的經驗在什麼時候發生？在什麼地方？有什麼人參與？我有什麼感受？遇到什麼困難？我怎樣克服困難？我學到什麼？

- 説故事帶創意，不必按時序一步一步講，帶點懸疑，可抓住聽者的注意力。

例如：曾見過一位名人、去過一個有名的地方、出席過一個新聞活動，不必一開始就說明人物、地點、活動名稱。介紹名人，可先透露名人的性別、外貌特徵、專長等。讓對方猜這名人是誰，最後才揭曉。

- 形容要有細節，越豐富、越具體越好。例如形容鮑魚：「啲鮑魚BB拳頭咁大隻，用老雞、火腿熬湯，炆十幾個鐘頭，炆到入晒味又唔會太腍。一啖咬落去，啲肉夠厚、好彈牙。」
  若只說：「好靚！」、「好正！」、「好犀利！」，不能打動人，也不會給人留下印象。

- 善用比喻，用對方已知的事物說明未知的。

- 注意聽者的年齡、性格特點、背景資歷，舉例子說明，例如對方是中年人就不要用最新的、只有年輕人才知道的流行事物。

- 好的結語，帶一點戲劇性，可以巧妙地引人想知道你更多事情。

- 讓聽者有心理準備差不多到了總結，可以講：「最後……」、「我重申一次重點……」、「我嘅目標係…」；或者用手勢配合，提高聲線、加快或減慢節奏製造一個高潮；或者說最後一句前來個停頓，然後結束。講話突然結束如「……就係咁囉」，會令聽者一片茫然。

- 婉轉地拒絕回答時，要求別人尊重你的私隱，最好能成功轉移話題。例如：「呢個問題實在太敏感，我選擇唔答，希望你唔會介意。」

- 不要交淺言深，不必把你私人的事、家裡的情況說出。

- 記者對受訪者的缺失窮追不捨時，受訪者可以說每個人總會有缺失；如果已是過去的事，也可以講出原因，從中得到什麼經驗和體會，表明不會再犯同樣的錯誤，最重要態度誠懇。

- 如遇上不禮貌的記者，就把不愉快的經歷看成是磨練，讓自己經一事，長一智。

- 不應對記者翻臉、發脾氣，訪問後也不要在公開場合或社交網站數落他，小心他的報導對你造成的傷害。不要想着報復，最終可能傷害自己。例如在網上將記者起底，同時也會有壞心眼的人對你人肉搜尋、攻擊你。

用語選擇

· 表現親和力。訪問前，先問受訪者想怎樣被稱呼。
· 訪問過程中，最好用公司簡稱來稱呼對方的機構。「我哋」或「你哋」、
「貴公司」，刻意拉近和疏遠距離，會令受訪者聽了不舒服。

小貼士

1. 態度

· 表現專業，大方有禮，笑容可掬。
· 受訪者回答問題時，要以務實態度回覆。
· 如果發現對方分心，可以試用以下方法吸引他回來：
  i. 停頓。異常的寂靜，使人警覺。
  ii. 收細聲線，但語氣要強。
  iii. 不經意地製造不同的聲音，如輕敲一下桌面。

2. 身體語言與互動

· 聆聽時身體微向前傾，頭部傾側。

3. 透過觀察環境，了解對方性格。

· 一般上門做訪問，注意掌握工作環境的信息，就可以了解對方是
什麼人，投其所好展開話題，使他喜歡你，訪問自會事半功倍。

· 例如空間是否寬敞？椅子舒服嗎？有沒有窗看到外面的環境？
對方是公事化地坐在辦公桌後和你對話，還是輕鬆自在地跟你一
同對座？他有沒有和你一起享用飲品？
如果受訪者希望客人坐得舒服，放鬆心情，他的個性大概不拘小
節，對自己充滿信心，不會自以為是。如果他坐在辦公桌一側，
讓你坐在對面較小的椅子上，並不舒適，表示他要為自己樹立優
越的掌控地位。

· 室內擺設的風格、款式，能反映個性。即使是贈品，如果不喜歡，
也是不會擺出來的。

- 桌面的擺設零亂不堪，還是井然有序？擺設的物品都有實用功能，像計算機、電話、水杯，還是裝飾用的，像照片、獎盃、子女的美工作品？

- 擺放的照片反映他的人際關係。哪些照片使用貴重的相架，當然就是他重視的。
  如果桌上放着受訪者自己和名人或政治領袖合照，通常這類人愛出風頭。留意照片是在什麼情況下拍攝，讚他人脈廣、夠面子。如果他把家庭照放在當眼地方，表示他重視家庭關係。這些照片是旅行時拍攝？有哪些特別場合？還是大部份屬日常生活照？

- 費心在工作地點種植花卉盆栽的人，通常很注重環境的美感與生態，又或是風水。

- 日曆的主題展現個人興趣，如汽車、風景、名畫、福字。

- 有沒有聖經或其他宗教書籍、擺設？

練習

1. 模擬回答訪問問題：

🎧 1113.MP3

① 「 你 追 求 乜 嘢 ？ 」
　 Néi⁵ zêu¹ keo⁴ med¹ yé⁵

② 「 人 生 遇 過 乜 嘢 最 大 嘅 難 題 ？ 」
　 Yen⁴ seng¹ yu⁶ guo³ med¹ yé⁵ zêu³ dai⁶ gé³ nan⁴ tei⁴

③ 「 講 吓 你 失 敗 嘅 經 驗 。 」
　 Gong² ha⁵ néi⁵ sed¹ bai⁶ gé³ ging¹ yim⁶

④ 「 你 認 為 利 潤 同 商 譽 ，
　 Néi⁵ ying⁶ wei⁴ léi⁶ yên⁶ tung⁴ sêng¹ yu⁶
　 邊 樣 比 較 重 要 ？ 」
　 bin¹ yêng⁶ béi² gao³ zung⁶ yiu³

⑤ 「 喺 內 地 做 生 意 ，
Hei² noi⁶ déi⁶ zou⁶sang¹ yi³

好 多 人 話 要 靠 關 係 ，
hou² do¹ yen⁴ wa⁶ yiu³ kao³ guan¹ hei⁶

你 覺 得 咁 係 好 事 定 壞 事 ？ 」
néi⁵ gog³ deg¹ gem² hei⁶ hou² xi⁶ ding⁶ wai⁶ xi⁶

2. 分清類似發音的差別   🎧 1114.MP3

請為＿＿＿＿＿的字選出正確發音：

① 我要練多啲肌肉，所以呢個月食白焓雞肉。
（gei、géi、gai、yu、yud、yug）

② 經過兩輪會談，六方落實協議。
（lên、lêng、log、lug、lüd）

③ 呢件古董以一百廿八萬蚊成交。
（ba、bad、bag、man、men、mun、ya、yed、yi、yig）

④ 佢唔識反抗，只可以任人魚肉。
（yam、yem、yen、yéng、yu、yud、yug）

⑤ 你咪話買美國農產品就一定好過大陸嘅。
（mai、mei、méi、mui）

⑥ 佢懵盛盛將喺法國買嘅好酒放晒上網，畀人懷疑佢點解咁有錢，搞到好醜。
（ceo、co、cou、zeo、zo、zou、mong、mun、mung）

⑦ 我叫落多一羹糖喺啲紅豆沙度，你就同我落咗一斤糖，甜死人！
（gan、gen、gang、geng、géng、tong、tung）

⑧ 天皇巨星喺台上高歌一曲，熱力四射。
（gao、go、gou、yid、yig、lid、lig、sé、sei、séi）

⑨ 揼晒成疊咁新淨嘅碗碟，好唔環保。
（dab、deb、dib、wan、wen、wun）

⑩ 一位軍官接受器官捐贈。
（guan、guen、gun、gün）

⑪ 用圓規繪圖。

（kei、kuei、kui、kud、küd、yu、yun、yung、yên）

⑫ 呢場球賽好多人睇，多到球場內外都滿晒人。

（do、dou、du、nai、ngoi、noi）

⑬ 佢飽讀詩書，竟然會做呢啲損人不利己嘅事。

（sên、xi、xing、xu、xun）

⑭ 真係頭痛！你話呢條魚蒸好定煎好？

（zéng、zen、zên、jin、jing）

⑮ 你快啲講啦！我好趕時間呀！

（gon、gong、zên、jin、jing）

⑯ 呢份工作又好搵又好玩，真係世紀筍工！換咗你係我，都飛身去做。

（wan、wen、weng、wun）

1.

① 說出什麼讓你個人成長，什麼讓你得到滿足感，或者你喜歡什麼挑戰。說話要正面。

② 問題是為了探討你面對不同情況時會看成是問題或挑戰，還有你怎樣處理問題。試想想一個記者有興趣聽的故事。避免用解決人際間紛爭為例，因為處事方式灰色地帶太多，極可能記者不認同你的做法，沒興趣報導。

③「少講過程，多講 learning」
講失敗經驗，時間越久遠越好，簡單交待事發經過，強調你個人有多大勇氣和毅力，什麼困難都可以克服；從中又學到了什麼，如何重新站起來，而且犯錯後，學懂不再重蹈覆轍。注意不要將失敗諉過於人。

④ 這種沒有對錯的問題，你不必下結論，只要井然有序說出不同觀點。

⑤ 不要先為問題的關鍵詞作負面定義，例如把「關係」認為等同賄賂。
香港和內地確實多方面都有距離，搞好人脈關係，不是壞事，問題是遇到矛盾，應以合約精神去解決，講求制度，還是以人為本，彈性處理？

2.

1. 我 要 練 多 啲 肌 肉 ，
Ngo⁵ yiu³ lin⁶ do¹ di¹ géi¹ yug⁶
所 以 呢 個 月 食 白 焓 雞 肉 。
so² yi⁵ ni¹ go³ yud⁶ xig⁶ bag⁶ sab⁶ gei¹ yug⁶
因為要多鍛練肌肉，所以這個月吃白焊雞肉。

2. 經 過 兩 輪 會 談 ， 六 方 落 實 協 議 。
Ging¹ guo³ lêng⁵ lên⁴ wui⁶ tam⁴ lug⁶ fong¹ log⁶ sed⁶ hib³ yi⁵
經過兩輪會談，六方落實協議。

3.
Ni¹ gin⁶ gu² dung² yi⁵ yed¹ bag³ ya⁶ bad³ man⁶ men¹ xing¹ gao¹
呢 件 古 董 以 一 百 廿 八 萬 蚊 成 交 。
這件古董以一百廿八萬元成交。

4.
Kêu⁵ m⁴ xig¹ fan² kong³ ji² ho² yi⁵ yem⁶ yen⁴ yu⁴ yug⁶
佢 唔 識 反 抗 ， 只 可 以 任 人 魚 肉 。
他不懂得反抗，只可以任人魚肉。

5.
Néi⁵ mei⁵ wa⁶ mai⁵ méi⁵ guog³ nung⁴ can² ben²
你 咪 話 買 美 國 農 產 品
zeo⁶ yed¹ ding⁶ hou² guo³ Dai⁶ Lug⁶ gé³
就 一 定 好 過 大 陸 嘅 。
你不要說美國農產品就一定比大陸的好。

6.
Kêu⁵ mung²xing⁶xing⁶ zêng¹ hei⁶ Fad³ Guog³ mai⁵ gé³ hou² zeo²
佢 懵 盛 盛 將 喺 法 國 買 嘅 好 酒
fong³ sai³ sêng⁵mong⁵ béi² yen⁴ wai⁴ yi⁴ kêu⁵ dim² gai²
放 晒 上 網 ， 畀 人 懷 疑 佢 點 解
gem³ yeo⁵ qin⁴ gao² dou³ hou² ceo²
咁 有 錢 ， 搞 到 好 醜 。
他糊里糊塗把從法國買的好酒全放上網，被人懷疑他怎會那麼
有錢，弄到出醜。

7.
Ngo⁵ giu³ néi⁵ log⁶ do¹ yed¹ geng¹ tong⁴ hei⁶ di¹ hung⁴ deo² sa¹ dou⁶
我 叫 你 落 多 一 羹 糖 喺 啲 紅 豆 沙 度 ，
néi⁵ zeo⁶ tung⁴ ngo⁵ log⁶ zo² yed¹ gen¹ tong⁴ tim⁴ séi² yen⁴
你 就 同 我 落 咗 一 斤 糖 ， 甜 死 人 ！
我叫你在紅豆沙裡多放一杓糖，你就給我放了一斤，甜死人
了！

8.
Tin¹ wong⁴ gêu⁶ xing¹ hei⁶ toi⁴ sêng⁶ gou¹ go¹ yed¹ kug¹
天 皇 巨 星 喺 台 上 高 歌 一 曲 ，
yid⁶ lig⁶ séi³ sé⁶
熱 力 四 射 。
天皇巨星在台上高歌一曲，熱力四射。

9.
Dem² sai³ séng⁴ dab⁶ gem³ sen¹ zéng⁶ gé³ wun² dib⁶ hou² m⁴ wan⁴ bou²
掟 晒 成 叠 咁 新 淨 嘅 碗 碟 ， 好 唔 環 保 。
扔掉一大堆那麼新的碗盤，很不環保。

10. Yed¹ wei² guen¹ gun¹ jib³ seo⁶ héi³ gun¹ gün¹ zeng⁶
一 位 軍 官 接 受 器 官 捐 贈 。

一位軍官接受器官捐贈。

11. Yung⁶ yun⁴ kuei¹ kui² tou⁴
用 圓 規 繪 圖 。

用圓規繪圖。

12. Ni¹ cêng⁴ keo⁴ coi³ hou² do¹ yen¹ tei²
呢 場 球 賽 好 多 人 睇 ，

do¹ dou³ keo⁴ cêng⁴ noi⁶ ngoi⁶ dou¹ mun⁵ sai³ yen⁴
多 到 球 場 內 外 都 滿 晒 人 。

這場球賽很多人看，人多得球場內外都滿了。

13. Kêu⁵ bao² dug⁶ xi¹ xu¹ ging² yin⁴ wui⁵ zou⁶
佢 飽 讀 詩 書 ， 竟 然 會 做

ni¹ di¹ xun¹ yen⁴ bed¹ léi⁶ géi² gé³ xi⁶
呢 啲 損 人 不 利 己 嘅 事 。

他飽讀詩書，竟然會做這種損人不利己的事情。

14. Zen¹ hei⁶ teo⁴ tung³ Néi⁵ wa⁶ ni¹ tiu⁴ yu² jing¹ hou² ding⁶ jin¹ hou²
真 係 頭 痛 ！ 你 話 呢 條 魚 蒸 好 定 煎 好 ？

真頭痛！你說這條魚蒸好還是煎好？

15. Néi⁵ fai³ di¹ gong² la¹ Ngo⁵ hou² gon² xi⁴ gan³ a³
你 快 啲 講 啦 ！ 我 好 趕 時 間 呀 ！

你快說！我趕時間！

16. Ni¹ fen⁶ gung¹ zog³ yeo⁶ hou² wen² yeo⁶ hou² wan²
呢 份 工 作 又 好 搵 又 好 玩 ，

zen¹ hei⁶ sei³ géi² sên² gung¹ Wun⁶ zo² néi⁵ hei⁶ ngo⁵
真 係 世 紀 筍 工 ！ 換 咗 你 係 我 ，

dou¹ féi¹ sen⁶ hêu² zou⁶
都 飛 身 去 做 。

這工作賺錢多又好玩，真是世紀好工作！換了你是我，也會不顧一切想得到這工作。

克服緊張怯場

面對陌生人、陌生環境，被人注視一舉一動，感到緊張害怕在所難免。大部份人相信，緊張就會影響表現，於是很擔心自己緊張。其實緊張構成的壓力，可演化成動力，打醒精神。適量的緊張感是好事。

因緊張而產生的生理變化，其實外人看不出來的，比如心跳加速、瞳孔縮小、喉嚨收緊、呼吸急促、手心額角冒汗、想上廁所，甚至嚴重至頭暈眼花、胸悶想吐。不過如果你做小動作，就任何人都知道你很緊張。比如頻密眨眼、咬唇、噘嘴、摸臉、搔頭、撥弄頭髮、擦汗、高舉提示卡的手震抖、雙腿交叉站着、用力按住大腿、大力深呼吸、用口呼氣、按住胸口想減慢心跳，還配合太極手勢，把雙掌往下推、上下地跳動幾次才邁步，你的表現就大打折扣。

另外說話愈講愈快，快得口齒不清、舌頭打結或口吃，而且愈講聲音愈大，聲調愈扯愈高，這不但讓人聽得出你緊張，還會讓周圍的人都感到緊張、不舒服。

如何舒緩緊張情緒

· 預早到達場地，進入備戰狀態，檢查好一切不會出錯或欠漏，心情自會定下來。
· 先上廁所。
· 避免冷飲，因這會令喉嚨收緊，身體冰冷，更加緊張。
· 放鬆地深呼吸。
· 站着等候時，輕輕收緊、放鬆大腿肌肉，和輕握又放鬆拳頭。這樣有助釋放多餘腎上腺素，減低壓力。
· 按着手掌虎口位（拇指和食指間的肌肉），這個穴位可幫助舒緩和減輕痛楚。

- 想像成功的情境，覺得觀眾喜歡聽你說話，從心態改變產生正能量，潛意識幫助你增加信心。
- 千萬不要想起過往失敗的經驗，覺得自己笨拙。

坦然面對犯錯

- 害怕主要是因為怕錯、怕丟臉；事實是越怕越易犯錯。
- 要明白犯錯是人之常情，沒有人不會犯錯，也很少人故意犯錯，不斷犯錯。
- 說錯話不要隨即吐吐舌頭、單眼、扮鬼臉，這些動作很幼稚。
- 儘量避免身體語言叫別人注意你的錯，氣定神閒，照樣繼續，不必停頓，可能沒有人發現你的小錯誤。
- 犯了大錯，必須保持冷靜，要求重新來過。懂得變通，展示你的應變能力佳，可能為你帶來意外收穫。

附加學堂二

面試錦囊

參加求職或甄選面試，幾天前就要準備，確保一切順利，不會出錯。

1. 確認面試時間、地點

- 檢視面試地點的資訊。
- 確定面試機構的電話和聯絡人姓名。
- 決定去面試地點的方法。
- 了解交通情況，尤其在繁忙時間會不會塞車。
- 了解天氣：天氣不穩定的日子，最好帶上摺疊式雨傘，放在公事包內，有備無患。天氣炎熱時，記得帶備紙巾擦汗，保持儀容整潔。

2. 準備和檢查面試的文件

- 履歷表(非影印本)
- 證書(非影印本)
- 獎狀(非影印本)
- 與工作經驗有關的資料圖片、作品樣本
- 推薦書(非影印本)
- 身份證
- 文件、資料等請用公文袋、紙袋或透明資料夾保護，然後放入手提包裡。

3. 準備和檢查面試的個人隨身物品

- 錢包：請清走帳單、名片、相片等，不能脹鼓鼓塞滿雜物。
- 電話：不要有裝飾，建立成熟專業印象。設定靜音。
- 筆：黑色原子筆，不要鉛筆。面試時可能要你填表、簽名，或寫文章答題。
- 幾張白紙：你可能要寫一些資料。
- 紙巾、濕紙巾：為跟人握手時保持雙手清潔乾爽。
- 梳
- 眼鏡布
- 鑰匙
- 適量現金

4. 準備和檢查面試的衣飾

- 求職面試衣服款式，要視乎不同行業、不同機構文化。
- 保守的機構，重視專業形象，如金融機構、律師事務所、會計事務所、管理顧問公司等，還有行政人員、教師、公務員、私人助理等職位，最好穿正式的西裝、套裝。
- 有些機構對上班服沒有嚴格規定，如資訊產業或是創作公司，不過面試衣着還是需要穿正式的西裝、套裝，以視尊重。
- 應徵初級職位，穿長袖襯衫和長褲也可以。
- 面試前把服裝洗熨乾淨，檢查有沒有破損。
- 在家裡試穿最少半小時，試試來回走路和坐下、站立，確保衣服舒適。
- 不要到面試地點附近才更換面試服裝和整理儀容，應該一早準備好面試狀態，而且如果發現有問題，有足夠時間補救。
- 不要戴顯眼的飾物。

男裝檢查列表
西裝
- 尺碼合適，質料舒適。
- 顏色宜深，首選是黑色，深灰、深藍色也可以。
- 上衣和褲子同色。
- 檢查鈕扣有沒有鬆脫。
- 檢查袋掩是否統一。

襯衫
- 跟西裝、領帶搭配，白色、淺藍、淡紫、粉紅都可以。
- 衣領要配合領帶闊度。
- 袖子比西裝長半吋，露出一點點最標準。
- 襯衫要束入西褲內。
- 襯衫內要穿淨白圓領內衣。

領帶
- 沉實顏色和適中寬度。
- 條紋或幾何圖案。

褲子
- 長度剛在鞋面上。
- 配上正式的皮帶。
- 不要把錢包、電話、鑰匙、紙巾等東西放褲袋裡。

皮鞋、襪子
- 黑鞋配深色襪子，不要配白襪。

手提包
- 不要用背包。背包體積大，配起西裝像龜丞相，肩帶又會弄皺西裝。

女裝檢查列表

套裝
- 尺碼合適，剪裁修身和線條簡單，質料要舒適。
- 顏色宜深，首選是黑色，深灰、深藍色也可以。
- 不應有圖案和花紋。
- 上衣和裙子或褲子同色。

裙子
- 長過膝蓋的直身裙子最大方。
- 檢查走路時要舒適，坐下後不要緊緊裹住大腿、越縮越短。

襯衫
- 白色、淺藍、淡紫、粉紅都可以。
- 不要透視質料和圖案花紋。
- 領口設計簡潔，不要有蝴蝶結和蕾絲。
- 領口要貼身，避免看到內衣。
- 長袖，袖口不要花巧。
- 檢查扣上鈕扣後是否平伏貼身，不要讓人看到內衣。
- 穿肉色胸圍。

鞋子
- 黑色鞋子，慎選鞋跟高度，舒適為重。
- 不要穿露趾鞋或高跟鞋，不夠端莊。

絲襪
- 不要怕熱就不穿絲襪。
- 絲襪要薄身透明，宜選比膚色深的自然色調。
- 不要有任何花紋。
- 小心檢查有沒有走紗。

手提包
- 不要用有掛肩帶的包包，這會拉扯到衣領和弄皺肩膊。

注意儀容整潔

頭髮
- 首要乾淨整齊、髮色自然。
- 髮型要平衡、清爽，不要遮掩面部五官，長短適中。
- 適量用定型、造型產品。
- 女性最好把長髮束起，建立專業形象。不要用顏色亮麗的髮夾、頭箍等頭飾。

皮膚
- 不要油光滿面、大汗淋漓。
- 臉上大暗瘡，尤其長在鼻尖的，請考慮用遮瑕膏修飾。
- 男性請刮鬍子。注意鬚後水的氣味不要太濃。
- 清潔鼻孔、修剪鼻毛。

消除體味
- 保持口氣清新，可以用漱口水消除口氣，但不要嚼口香糖。
- 使用止汗劑。
- 不要灑香水。面試官可能對香味過敏，或對某種香氣有偏見。
- 面試前不能吸煙、喝酒或咖啡，不能吃葱、蒜頭、豉椒、酸辣、燒烤、榴槤等濃味食物。這樣可避免散發不雅體味和口氣。
- 面試前不要喝有氣飲料，容易產生胃氣，或令肚子裡發出聲音。

牙齒
- 記得刷牙。
- 面試前不要吃易染色和可能夾在牙縫的東西。例如不要吃沙律、咖喱、雪菜、梅菜、朱古力、紅豆沙、芝麻湯丸等。

指甲
- 修剪整齊。
- 不要留長指甲和塗指甲油。

化妝
- 雅淡的眼影、唇膏，讓你看起來精神奕奕就足夠。
- 帶上粉底和唇膏，面試前補妝。

5. 準備各種應變措施

- 後備資料在USB上，隨時補上，比起面試後再以電郵或郵寄補上，給面試機構多一個選擇。
- 最好自備電腦，還要確保有充足電源，以免面試地點沒有電腦，或電腦軟件不合用。
- 為説明用的資料後備一份打印本，就不用怕電腦檔案打不開，不知道可以説什麼。

面試前綵排

- 參加模擬面試和面試工作坊，接受專業指導。
- 確保自己明白想説什麼。
- 熟習手勢、資料的運用。
- 計時，尤其要注意説話的速度。
- 對着鏡子或自我錄影，檢討自己的表現。
- 反覆練習。

預留時間去面試

- 面試前後不要立即有其他約會，以免這些約會出問題，影響你面試的表現。
- 面試前約朋友吃飯，有可能弄髒衣服或儀容，無法及時清理。
- 面試前的約會有可能發生不愉快事件，使你一時無法平伏心情。
- 不要安排面試後立即有約會，以免面試時間發生延誤，你無法通知對方，這就會影響你的心情和面試表現。
- 面試後不宜趕緊開電話，應等到遠離面試的地點才跟其他人聯絡。
- 絕對不能讓面試機構的人看到你和別人報告和討論面試情況，這樣做很幼稚又沒有禮貌。
- 不要讓父母、家人、朋友出現在面試過程，他們與你的互動，絕對影響面試機構看你的態度和印象，而一般是壞印象多於有好感。

面試時如何建立良好印象

- 面試開始的幾分鐘最具決定性，因為面試官在見面的最初7至20秒就對你形成第一印象，如果是壞印象，很難使他改觀。你的衣

着、儀容、表情、眼神、聲線、動作、氣質、性格、儀態、禮貌，都是建立印象的元素。

- 提早10至15分鐘到達面試地點，做好心理準備，穩定情緒，使頭腦清晰。
- 萬一不能準時到達，必須儘快打電話通知面試機構聯絡人，希望對方諒解，不要留壞印象。
- 向接待處報到。等候見面試官時，要表現專業、成熟，別忘了你的一舉一動都受人注意。
- 等候時，選擇向門口位置坐下，讓人一開門就能正面見到你。
- 對所有人都要微笑有禮貌。接待員、清潔工、路過的員工，都可能向面試官匯報你的行為，反映意見。
- 不要顯得不耐煩，不停查看時間，盯着每個走過的人。
- 不宜拿出文件來重溫一次，因為會被隨時召喚到另一處，到時一定來不及收拾。
- 不宜做無聊舉動打發時間。不要玩手機、玩手指、剔指甲、挖耳朵、撥弄頭髮、翻閱大門旁的資料、雜誌架，或者拿出消閒雜誌、漫畫來閱讀。
- 先敲門才進入面試房間。
- 根據工作性質、面試地點、面試官人數等因素，決定應該點頭、鞠躬、揮手，還是握手。
- 職位屬溝通型，例如營業代表、地產經紀，就應主動握手，顯示你面對陌生人不會怯懦。
- 專業如核數師、工程師，要保持專業形象，點頭微笑就可以。
- 握手時從心裡表達善意，身體微向前傾，雙眼望住對方，渴望跟對方認識、溝通。
- 握手用擠牙膏般的力度，然後充滿信心地打招呼和介紹自己。
- 注意有良好的眼神交流，手勢動作自然，也要留意面試官的動作、反應。
- 走進會議室面試，要等到面試官示意「請坐」，道謝後才可坐下。
- 面試官示意你坐哪裡，反映他的態度，你必須注意，表現配合要求。
- 選擇與面試官坐在一張大桌子的角落，有助輕鬆、友善的氣氛，參與面試的人不似各據一方。

- 與面試官並排坐，是為表現親近，地位平等。
- 與面試官面對着坐，是為建立高低、尊卑的關係。對面試官要必恭必敬。
- 就算面試表現好，完成後面試官送你出大門，等電梯時都不能亂說話。

面試應對態度須知

- 面試不同學校考試，問題很少有標準答案，更不會以答對多少題來算點數評分，只要説錯一句話就不及格。
- 面試不同筆試，不可以先看清全部題目再作答，不可以跳過某一題不答。
- 面試不設選擇題、是非題。
- 面試不是問答遊戲，看答中多少題目有什麼獎。
- 面試時沒有錦囊幫你過關，也不可能打電話問人求救。
- 面試不是辯論比賽，別以為講出大道理，雄辯滔滔，指出對方錯誤，就能成為勝利者。
- 面試不是比賽，很多時你甚至不知道要和誰比、和誰爭，或比賽規則是什麼。你可能到達面試地點只有一分鐘，未坐下、未開口，面試官就決定把你踢出局。

面試後自我檢討和跟進

如果你面試時間少於10分鐘，和面試官談兩句就被請走，你大概面試失敗了。請自我檢討，從錯誤中學習，不斷改進表現。

檢視問題：

- 我有沒有遲到，或太早到？
- 有沒有忘記帶什麼、遺漏了什麼？
- 有沒有説錯公司名稱或應徵職位名稱？
- 我的態度怎麼樣？夠謙虛有禮嗎？夠自信嗎？
- 我的衣着合適嗎？
- 面試過程，有沒有注意禮貌？
- 走路儀態、坐姿，讓人看得舒服嗎？座位選得對嗎？
- 離場時有沒有注意禮貌？有沒有留下、丟掉什麼東西？

- 對答時，有哪個問題我回答後，面試官不滿意？為什麼？
- 為什麼面試官提不起興趣談下去，沒跟進我的説話？
- 哪個問題不懂回答？在哪裡可以找到資料？或者可以請教誰？
- 哪個問題答得不好？怎樣答得更好？
- 這家機構適合我嗎？評估機構文化和環境。
- 我喜歡那裡的氣氛嗎？
- 辦公室的佈置怎樣？明亮？整齊？空間夠大嗎？有什麼風水裝置？有宗教物品，如神龕或十字架嗎？
- 辦公室的設備怎樣？電腦先進嗎？有廚房、茶水間嗎？洗手間怎樣？
- 怎樣形容辦公室的情況？像戰場一樣亂和緊張？像死城一樣寂靜？像酒樓一樣吵鬧？像家一樣親切舒適？
- 員工是什麼年紀？將來的同事和自己的年紀差多少？
- 員工的打扮怎樣？我喜歡日後上班穿成這樣子嗎？
- 這家公司有內部升遷制度嗎？個人發展空間多不多？
- 老闆怎樣決定員工加薪、升遷？怎樣考核工作成績？
- 公司管理層有沒有人情味？

　　如果面試失敗，但是找不到問題所在，也不要自責，有時可能是欠了一點運氣，或者公司早已有了人選，面試只是做個公開、公平、民主樣。

得體
廣東話

作者
孔碧儀　李兆麟

錄音
孔碧儀　李兆麟

編輯
劉善童

封面設計
Nora Chung

排版
辛紅梅

出版者
萬里機構‧萬里書店
香港鰂魚涌英皇道1065號東達中心1305室
電話：2564 7511
傳真：2565 5539
電郵：info@wanlibk.com
網址：http://www.wanlibk.com
　　　http://www.facebook.com/wanlibk

發行者
香港聯合書刊物流有限公司
香港新界大埔汀麗路36號
中華商務印刷大廈3字樓
電話：2150 2100
傳真：2407 3062
電郵：info@suplogistics.com.hk

承印者
百樂門印刷有限公司

出版日期
二零一六年十月第一次印刷

萬里機構　　萬里 Facebook